新潮文庫

秘花

瀬戸内寂聴著

新潮社版

8843

磯部欣三氏の御霊に捧ぐ

秘花

序

漆黒の闇《やみ》の中で、鵺《ぬえ》に襲われていた。恐怖と不気味さに息が詰り、総身に鳥肌が立っている。纏《まと》いつかれ、圧《おさ》えつけられ、締めつけられ、身動きが出来ない。闇に夢が塗りつぶされている。夢かとわかってからが、もっと恐ろしい。初めての夢ではないからだ。渾身《こんしん》の力を振り搾《しぼ》って、鵺から逃れようとあがけばあがくほど、鵺の怪力がみしみしと軀《からだ》に加ってくる。

その化物を見たこともないのに、わたしはよく識《し》っていた。頭は猿、胴は狸《たぬき》、尾は蛇、手足は虎《とら》、声は獰猛《どうもう》で、この上なく暗いという怪獣だ。この化物に取り憑《つ》かれたのは何時《いつ》からか。

鵺に殺されるか、わたしが鵺を殺すか。どうあってもわたしが鵺を殺さねばならぬ。鵺はもう一思いに殺してもいいほど痛めつけておきながら、最期《さいご》にふっと気を抜いて、その場から消えていく。そんな死闘をつづけて、数えてみればすでに三年の歳月が消されていた。

拷問《ごうもん》と恐怖の涯《はて》に残る極限の疲労の中で、犯されきらなかった安堵《あんど》が、いつの間にか、中断された凌辱《りようじよく》への不満に変っているのに気付くのであった。

能の大成者で能聖と崇《あが》められている世阿弥《ぜあみ》の晩年の謎《なぞ》に迫りたいと思ってから、三年が過ぎている。

世阿弥のおびただしい作能の中で、「鵺」ほど哀《かな》しい作はないと感じた時から、わたしは鵺こそ世阿弥の心の闇だと思いこみはじめていた。

犯されまいと抗《あらが》ったのではなく、犯されたくて夢の中まで身悶《みもだ》えしていたのではなかったか。そう気がついた時、ようやくわたしの錆《さ》びかかったペンが、たっぷりとインクを吸いあげていた。

一

海は今日も凪《な》いでいた。来る日も来る夜も波の上ばかりで暮していると、月も日も時刻さえ、いつしか朦朧《もうろう》となってくる。海と空の境目が消え、ひとつづきの碧《あお》の拡《ひろ》がりになっている。いつともなく自分を取り巻いている森羅万象のすべてが朧《おぼろ》に霞《かす》み、その中にいるわが身さえ、すでに朧の中に溶かしこまれて、存在していないような曖《あい》昧《まい》な気分に引き入れられる。

海の色はあくまで碧く濃く昏《くら》く底知れぬ深さを湛《たた》えている。水夫《かこ》たちが黙々と漕《こ》ぐ櫓《ろ》の音だけが静寂の中に単調にひびいている。

いつの間にか自分の右手の指が膝《ひざ》を打ち、櫓のきしみの音の拍子をとっている。船の胴に打ち寄せる波の音も、真夜中に突如として襲ってくる嵐《あらし》の呻《うめ》き声も、謡《うたい》の節に取り入れられまいかと、無意識に耳をそばだてているわが習性を、ふと浅ましく思う。

七歳の春、正式の稽古《けいこ》初めとして、父から稽古を受けた日から、いや、大和《やまと》の中楽《さるがく》の役者、観阿弥清次《かんあみきよつぐ》の子として、この世に生を受けたその日から、一日として身から離れたことのない芸の稽古の習慣。常住坐臥《ざが》、すべての立居振舞を、中楽の稽古として厳しく躾《しつけ》られてきた。いつの間にか吸う息、吐く息さえ自分から謡の調子に乗せていた。

中楽浸しの脇目《わきめ》もふらぬ一筋の道。生涯かけてひたすらその道だけにすがり、培《つちか》い守ってきた能役者としての自信も、栄誉も、人間としての尊厳も、ある朝、突然、根こそぎ覆《くつが》えさせられる日が来ようとは、夢にも予想したことはなかった。

七十二歳の老耄《ろうもう》の涯《はて》に、まさかかかる禍々《まがまが》しい悲運が待ち設けていようとは。一介の罪人として京を追われ、佐渡へ流謫《るたく》との将軍義教《よしのり》の沙汰《さた》一枚。読み上げる壮年の使者の声と手が異様に震えていた。成行の理不尽さに、役目柄とはいえ、平常心を保てなかったのであろう。

たまたまその朝、大和から来て近くに所用のついでといい、木屋町のわが家に立ち寄っていた娘婿《むすめむこ》の金春禅竹《こんぱるぜんちく》が、使者を妻が送り出すのを待ちかねていたように、襖《ふすま》を蹴破《けやぶ》らんばかりにして隣りの部屋から駆けこんできた。

「これは一体、どういうことなのですか、こんな理不尽なことを……なぜおとなしくお受けになったのです」

日頃は沈着な男にしては、珍しく激昂《げきこう》している。あとは言葉がつづかず、男泣きに涙をこぼしている。根が優しい至極情味の深い人間なのだ。

「世阿弥元清《ぜあみもときよ》、上をないがしろに、不届きの数々あり。厳罰に値する。よって佐渡流謫の刑に処すものなり」

早口に読みあげた使者が、偽物《にせもの》でない証拠に顔の前でこちら向きに恭《うやうや》しくかかげてみせた。そこには、将軍義教の署名と花押《かおう》が鮮やかに印されていた。

「確かに、いかにも唐突で、罪状が曖昧だし、狐《きつね》に化かされているようだな」

私が苦笑を洩《も》らすのを、禅竹が色をなしてとがめた。

「笑いごとじゃありませんよ。何という横暴な」

声がわなないて、あとがつづけられない。

「禅竹どの、お静まりなされ。当代の将軍どのが偏執狂的な御性格で、狷介《けんかい》にして峻《しゅん》烈《れつ》苛《か》酷《こく》、その突然の気まぐれとしか見えない怒りが、雷のように突如として降り落ちてくれば、どのような弁明も釈明も取りあげられず、一方的に厳罰を受けることは、今では世間周知の事実。将軍の怒りに触れることは、あたかも天変地異のように避け難い災難となっている。納得いかないまま、首を刎《は》ねられたり、切腹を命ぜられたり、遠島の刑になったものは数えきれない。われわれのような卑賤《ひせん》の身分の者の上にも、守護大名や、歴代の御家人衆の頭上にでも、ひとしなみに落ちてくる落雷のようなものよ。ついこの間も将軍の賄方《まかないかた》が、料理の味が気に入らぬというだけで、二人その場で首を刎ねられたばかりではないか。世の中には恐怖政治と怨嗟《えんさ》の声がみちみちているが、その怨念《おんねん》は、決して声にはならぬ。実はとうから、この日の来るのを漠然と予感していた。むしろ、来かたが遅かったくらいだ」

「じゃといって、みすみす……」

「では、どのような抵抗が出来るというのだ。あの狂気じみた恐怖の性格の前に逃れられる理屈があるというのか」

いつの間にか、使者を送り、足音もさせず戻ってきてひっそりと襖のかげに坐《すわ》っていた妻の椿《つばき》が、押えきれない重いため息を洩らした。

「入れ」

わが声にうながされて、膝を進めた椿の顔が蒼白《そうはく》になって、小皺《こじわ》が浮き上っている。それでも気を張って、薄い背をしっかりと伸ばし、まばたきもしないで告げる。

「出発の日と時刻は、追って改めて通達があると申しておりました」

「いったい、遠島になるほどの大罪とは、何だというのですか」

どうしてもおさまりきらない怒りをもて余し禅竹がまた声を高めた。

「本人の私にもさっぱり解《わか》らぬ。しかし、全く見当もつかないとも言いきれないものもある。将軍を引き受けられるまでは、青蓮院《しょうれんいん》の門跡という尊貴なお立場に収っていられた。とてもそうした高貴なお方とは信じられないような、短気でこらえ性のない御性格だ」

「稀《き》代《たい》の癇癪持《かんしゃくもち》で聞えたお方です。やはり、籤引《くじびき》で将軍職を引当てられたような方だから変っているのでしょうか」

「いつ、どこで、どんな失言をして、将軍の癇癪を刺戟《しげき》していたか覚えもない。こちらも負けずに、年と共に頑冥固陋《がんめいころう》になり、不遜《ふそん》さが募るばかりよ。人の相性というものは、生れた時から定められていて、人間の力では、どうにも訂正のきかない宿命のようだな。こちらが嫌っていることは鏡に映すように向うに通じてしまう。鹿苑院《ろくおんいん》の大樹さまが、勿体《もったい》なくも十二歳の少年の私を、一目で御贔屓《ごひいき》下されたのも、人の思案の外の相性によるのだろう。それを裏返せば、当将軍が、この私を理由なく初手から憎み嫌われるのも、思案の外のことだと思う。もちろん、こちらも、あのお方の、容《よう》貌《ぼう》、容姿、ふとしたしぐさ、気性の隅々までことごとく好きにはなれぬ」

「そんな滅相もないお言葉は……どこに隠密がひそんでいるかわかりませぬ」

「天井にいるか、床下にいるか、忍びの者がいるならよっく聞くがいい。もともとわれら申楽のやからは、世間の蔑《さげ》すみを浴びる卑賤の身で、諸国を渡り歩くうちに忍びの技も身につけ、時に応じてその術でも糧《かて》を得てきたものよ。まれにしか興行のあてのないわれらは、芸能だけでは食いつなげなかった」

「お師匠さまのお話は近頃とみに暗く陰にこもって聞えます」

「は、は、は、年寄の愚痴とはこのようなことか、老木《おいき》に花などうそぶいてもみたが、自然の力には敵《かな》わぬ。世阿弥元清いよいよ耄碌《もうろく》が極ってきたか。禅竹氏信《うじのぶ》、そなた今年いくつになった」

「三十歳になりました」

「おう、生涯の芸の定まる貴重の時だな。時分の花が色めきたつ芳《かぐ》わしい時節だ。大方三十年昔といえば……鹿苑院の大樹さまが、あの目もまばゆい舎利殿金閣を擁した壮麗無比の北山第《きたやまてい》を構築なされ、その完成を見られた頃だ。私が『風姿《ふうし》花伝《かでん》』を仕上げようと力んでいた頃だ」

「そのような晴れがましい歴史の節目に自分の誕生が重っているなど露知らず」

「そなたが生れて三年ばかりして、大樹さまは、まさに大樹がいきなり根元からなぎ倒されるように、突如として御遷化《ごせんげ》遊ばされた。応永十五年であった。享年《きょうねん》は五十一。何というお若さか。私の四十六歳の時だ。二十二歳で、父に急逝《きゅうせい》された時と同じくらい悲哀に打ちひしがれた」

禅竹が私の気を引立てるように声を張って言葉をついだ。

「親からも、北山第のこの世ならぬ壮麗さや豪奢《ごうしゃ》な栄華の有様を、ようく聞かされました。中でも後小松帝の行幸が二十日以上にもわたって続き、その間、申楽が連日のように天覧に供されたとか」

「ふむ、しかしわが観世《かんぜ》の一統は、あの盛儀のどの日にも晴れの舞台に上らしていただけなかった。私も後見として楽屋はしきっていたが」

「なぜでございます」

「すでに人気を失っていたということだ。観客の心は飽き易《やす》い。それより更に移り易いのは、大樹さまはじめ権力を持たれた貴顕の方々のお心よ。中でも最高の権力の座を占められた大樹さまは、御自分のお心にどなたより正直でいらっしゃる。

その頃、大樹さまの高い観賞眼に適《かな》ったのが、近江《おうみ》申楽の犬王《いぬおう》だった。人気に馴《な》れて新鮮味を失ったわが観世の芸より、犬王の天性の気品を具《そな》えたおおらかでたっぷりした優美な芸風に、新鮮さをお感じになられたのだ。あれこそ幽玄の芸であった。そして大樹さまのそうした御眼識の確かさに、生前の父観阿弥はひたすら恐懼《きょうく》していた。

『大樹さまがわれわれの中楽をはじめて御賞翫《ごしょうがん》遊ばされたのは、京の東山今熊野《いまくまの》で、われらが演能した時であった。あれからわずか三、四年しか経《た》たないのに、大樹さまの何と見巧者になられたことか。今では二条の准后《じゅごう》さまや、婆娑羅《ばさら》の佐々木道誉《どうよ》さまのような最高の見巧者の方々にもひけをお取りにはならない。恐れいるばかりだ』

父がつくづく感じ入ってそう洩らした時の口調や表情を忘れることが出来ない」

そう言った時から幾年もたたず、父は駿河《するが》の演能先で突如として帰泉してしまった。五十二歳であった。優れた人物はみな短命の宿命なのだろうか。

北山第の行幸の晴れの舞台に参加させてもらえなかったことで、自分の自惚《うぬぼ》れ心は叩《たた》きのめされたものだ。私が大樹さまの格別の御寵愛《ごちょうあい》に預り、公家や武家の嫉妬《しっと》と怨嗟の的になっていたのは、すでに昔々の夢語りになっていた。

「申しわけございません。時もわきまえず、ふつつかなことを申しあげまして」

「何も謝まることはない、この世のことはすべて無常だ。同じ状態は決して続かない。あらゆる現象は流転する。形あるものは言うまでもなく、人の命も、運命も、人気という目には見えないしたたかな魔物も……それがこの世の定めだ。すべての歴史がそれを如実《にょじつ》に証明している」

禅竹は不用意な自分の言葉から、私の惨《みじ》めな過去を突いてしまったと後悔して恐縮しきっている。確かにつとめて思い出すまいとしていたあの当時のことが一挙によみがえってきた。北山第の行幸の盛儀から外された屈辱と不満に、自分の心のなだめようもなく悶《もだ》えていた時、いつか父が何かの折に話された言葉がよみがえってきた。

「近江の犬王は敵ながらあっぱれだな。あれは生れつきの天才だ。はじめから幽玄を目ざして、物まねを次にして、かかりを本としていた。われわれの得意とする物まねにこだわらず、写実より風情《ふぜい》本位ということだろうか。あの芸風は、実に冷え冷えとして、自然に心が洗われるようだ。芸人にとって、そういう好敵手が現われるほど、芸の励みになることはない。

いいか世阿《ぜあ》、あらゆる芸は勝負だ。勝つか、負けるか。究極は勝たねばならぬ。秘技を盗んででも勝たねばならぬ。手段を選んではおられぬ。幸いそなたは筆が立つ。新しい能を書くことが出来るし、曲づけも出来る。その上、自分でシテが演じられる。まだある。これから書こうと腹案を練っている芸論は、そなた以外の誰にも書けぬ。この世の時には男時《おどき》と女時《めどき》があるのだ。男時はすべてが勢いづく上向きの時、女時とはその反対の、すべての勢いが衰え、不如意になる時だ。女時の最中《さなか》には焦《あせ》ってはならぬ。自然の勢いには逆えぬ。そういう時こそ、じっとわが心を抱きしめて耐えていることだ。ふたたびめぐってくる男時の訪れを辛抱強く待つのだ」

「ありがとうございます。こういうお言葉をすべて書きとめて、子孫に伝えてやるつもりでおります。近頃、それを案じていることが面白くてなりません」

ありありと思い出された亡父の言葉を出来るだけ正確に禅竹に伝えてやった。

「何でも訊《き》いておくがいい。私が佐渡に流されたら、この老齢だ。まさかふたたび京へは帰られまい」

「そんな不吉なことをおっしゃらないで下さい」

「いや、こういう際だ。互いに本音の話をしよう。われわれには、もはや時間がない」

「御教訓は有難うはございますが、お師匠さまの配流の件で、心が動転し勿体ないお言葉が只今《ただいま》は全く頭にしみませぬ」

何という素直で純真な男であろう。娘千浪《ちなみ》の婿として禅竹を選んだ時、妻の椿が珍しく、是非にと強く主張した。芸の才能はまだ海とも山とも解らないが、性質の実直さと誠実さが誰よりも頼もしいと、いたく惚《ほ》れこんでしまったのだ。

「千浪は、素直で気だてのよいのが取柄の、平凡な娘です。禅竹さまに可愛《かわい》がっていただけば、やがてふくよかなたっぷりした女に成長するかと思われます。……それに……」

「それに、何か」

「わたくしのような暮しはさせたくありません。あまりに非凡な男に添うことは、女にとってあながち幸せとは申せません」

返す言葉もなく、私はまじまじと椿の顔を見つめた。増女《ぞうおんな》の面《おもて》に血を通わせたような蒼白な、すき透った小さな顔は、いつでも伏目がちで、瞳《ひとみ》の表情を隠している。

われわれ二人の長い歳月で、この女にどれほど苦労をさせたか、どれほど耐えしのばせてきたか。一言も愚痴を訴えない女が耐えているものの重さも、察しているつもりだった。それでいて、この女にだけは、私が外で見せるまめやかな気配りも、愛想の好《よ》さも何ひとつ見せてやったことはなかった。それをしないでも許してくれるのがこの世で唯一《ゆいいつ》この女だけだと信じていた。いや、甘えきっていたのだ。その歳月のはるかさに、今更たじろぐものがあった。

はじめて逢《あ》った時は、下ぶくれの、ほころびかけた緋桃《ひもも》の花のような乙女であった。その日、大樹さまの催された室町花の御所での宴の席に、召されてきた白拍子《しらびょうし》たちが鼓《つづみ》や笛にはやされて舞っていた。

白絹の水干《すいかん》、長袴《ながばかま》の男装に太刀までたずさえ、頭上には高々と立烏帽子《たてえぼし》を頂いていた。若い女が男姿になると、不思議な苛《いら》だたしい色香が漂った。それは新鮮な妙に挑発的な魅力であった。はじめはその姿で男が演じていたそうだが、院政のはじまった頃から、いつの間にか女の専業になっているという。

男装で即興の今様《いまよう》を歌いながら舞う。どんなに優雅に舞ったところで、われら中楽や田楽の仲間同様、卑賤の出自の芸人風情で、所詮《しょせん》は身をひさぐ遊女《あそびめ》にすぎなかった。

女が男のなりをしている妖《あや》しさにそそられてか、白拍子が都で急速に人気を得て、その中から、一世の権勢を極めた平清盛《きよもり》公の寵愛をほしいままにした祇王《ぎおう》や仏御前などという白拍子が、京雀《きょうすずめ》の噂《うわさ》の種になったり、時の英雄源義経《よしつね》公の愛妾静御前《あいしょうしずかごぜん》のような著名な白拍子が、歴史を飾ったりするようにもなっていた。

その夜の花の御所の白拍子たちは、いくつもの列を作ったり、環《わ》になったり、ほどいたり、なめらかに動きながら、口々に今様を歌い、扇をかざして舞っていた。

「そよや　小柳によな　下がり藤の花やな
　咲き匂《にお》ゑけれ　ゑりな　睦《むつ》れ戯《たわむ》れ　や
　うち靡《なび》きよな　青柳のや　や

いとぞめでたきや」
「下がり藤の花やな」という歌詞のところで、同座の見物衆がどっと囃《はや》した。鬼夜叉《おにやしゃ》の幼名を改め、藤若《ふじわか》と呼ばれるようになって、大樹さまの寵愛を誰はばかるところなく一身に受けていた私への、諂《へつら》いと羨望《せんぼう》に、露骨な嫉妬のからみついた複雑などよめきであった。

こういうことに、すでに馴れきっていた私は、能面さながら表情も動かさず、大樹さまの左脇《ひだりわき》にひしと引きつけられたまま、白拍子の舞に視線をあてていた。

大樹さまの右脇には、愛妾の中でも最も重んじられている高橋殿が、華やかに坐っておられた。この人も「藤の花やな」というところで、ころころと声を出して笑っていられた。

大樹さまの左手が、隣に坐っている私の右手を執られ、御自分の股《また》の根に導かれた。私は自分の衣裳《いしょう》の長い袖《そで》をさりげなく扱い、自分の手を掩《おお》い隠した。袖の陰でわが指が五人の侏儒《しゅじゅ》のように敏捷《びんしょう》にうごめいていた。

大樹さまが何くわぬお顔で、視線は白拍子の群舞に置かれながら、右隣にひかえている高橋殿に囁《ささや》かれた。

「あの二列めの真中の、一番稚《おさな》い白拍子を、今夜留めるよう」

大樹さまのお声はとりわけ小さくなさるでもなかった。

「はい、わたくしも、さきほどから、あの子だと目をつけておりました。のう藤若どの、あなたもそう思っておいででしょう」

高橋殿が身を乗り出すようにして私に言う。聞えないふりを装《よそお》って黙っていた。

「藤若の藤に対して、あの白拍子は花ならば何にたとえられるか」

「桃夭《とうよう》でございましょう」

高橋殿が間髪を入れず答えられた。

桃の夭夭《ようよう》たる
灼灼《しゃくしゃく》たる其《そ》の華
之《こ》の子 于《ゆ》き帰《とつ》がば
其の室家《しっか》に宜《よろ》しからん

こんな際、『詩経』がさっと口をついて出てくる高橋殿の教養には、いつでも愕《おどろ》かされる。

「ふむ、たしかに開きそめた桃の花の風情よな、さても美味《うま》そうな桃の実が思いやられる」

「およし遊ばせ、御威厳にかかわります」

「ははは、で、そなたは花ならば」

「月明に濡《ぬ》れた樺桜《かばざくら》というあたりでございましょうか」

「これはきつい、せめて十年前ならな」

「何とでもおからかい遊ばせ」

言葉より早く、大樹さまはしたたかにつねられたらしく、

「痛たた」

と嬉《うれ》しそうにつぶやかれた。

『詩経』の次には『源氏物語』か。樺桜は、源氏の女君たちを花見立てにした時、紫の上の美しさにあてがわれた花であった。

その程度のことが理解出来るほどの智識《ちしき》や教養は、父から中楽《さるがく》の稽古《けいこ》と同時に、幼少から厳しく仕込まれていた。

漢詩や和歌や連歌、古典の物語の師は、大和の興福寺の高僧たちであった。

京に来てからは前関白二条良基《よしもと》准后さまに教えられた。当代一の教養者であられた准后さまから直々薫陶《くんとう》を受けるのだから、これ以上の良師に恵まれることは考えられなかった。

もとは東の洞院《とういん》の傾城《けいせい》であったという高橋殿が、いつの間にこれだけの教養を身に

つけられたのだろう。抜群の気配りと、人あしらいは、この人に敵うものはなく、大樹さまの御機嫌を読みわける能力も格別であった。

御酒《ごしゅ》のすすめ方ひとつでも、時と場合によって、すすめる酒量の程加減を的確に心得ていられた。時には厳しすぎるほど酒の量を押えられるかと思えば、別の夜は、はらはらするほどすすめられる。その緩急の呼吸の計り方は、余人には到底真似《まね》られる技ではなかった。

それらすべての気配りが、ことごとく大樹さまのお心に適うのであった。

また大樹さまの御寵愛の者たちには、嫉妬の気配など、およそおくびにも出されたことがなかった。むしろ、たちまち抜目なく、その者たちの面倒見に廻り、手懐《てなず》けてしまわれる。

大樹さまより一廻りちかく年嵩《としかさ》ということだが、高橋殿には年齢さえ自在に操れるのかいつまでも華麗な妖艶《ようえん》さを保ちつづけている。

桃夭の白拍子は、すでにつばきという花の名前がついていた。

その夜から、室町の花の御所に移し植えられた。

高橋殿が例によって至れり尽せりの面倒を見られ、蕾《つぼみ》のつばきは、椿の方となり、大樹さまの寵妾のひとりに丹精されていった。

私が十七、椿が十五の春であった。

ある夜、急な高橋殿からのお呼出しで、花の御所に参上した。導かれた部屋では大樹さまが椿の方と睦まれていた。大樹さまの思いつかれたことか、高橋殿の発案か、私や椿には思いはかる手だてもなかった。それに抗《あらが》う力もなかった。大樹さまの御意のままに、三《み》つ巴《どもえ》に乱れ媾《まぐわ》ったのであった。

あれほど寵愛された椿の方を、どういう気まぐれからか、まるで、使い飽きた扇のように私に下賜《かし》された。あのはじめて逢った春の夜から七年の歳月がすぎていた。めったなことで、感情をあらわにしない女であったが、大樹さまから物のように私の手に与えられたあと、一年ばかりは、箱に収った能面のような表情に凝り固っていた。私がその間、椿に触れなかったのは、物扱いされたそのことに、椿の心の誇りがどれほど深く傷を負っているか、わかっているつもりだったからだ。

大樹さまの愛を受ければ受けるほど、自分の内に積っていった屈辱を、私は誰にも悟られまいと心を鎧《よろ》いつづけていた。おそらく椿もまた。

私が大樹さまにはじめてお目見えしたのは、白拍子のつばきが花の御所に参じて舞った年頃より、もっと稚く、垂れ髪の十二歳の少年の時であった。人は口を揃《そろ》えてそんな私を美童と賞讃《しょうさん》した。

大和の結崎《ゆうざき》座の中楽の役者だった父は、観世三郎清次で、芸名は観阿弥と名乗っていた。父の三十一歳の時生れた私に、なぜか鬼夜叉というおどろおどろしい名前をつけている。

大和中楽四座円満井《えんまんい》(金春《こんぱる》)、坂戸(金剛《こんごう》)、外山《とび》(宝生《ほうしょう》)、結崎(観世)の仲間で、次第に演技の実力と、座の経営力と、人心収攬《しゅうらん》の術で、結崎の座をまとめ、実質的に棟梁《とうりょう》となっていた。

早くから父の野心は京に向っていた。大和で、寺や神社の定例の行事日に中楽を演じ奉納するという従来のしきたりだけでは、将来の発展性も芸の向上も望めない。京ではその頃すでに田楽《でんがく》が、上流にも大衆にも好まれ、流行の様相を呈している。中楽も京へ打って出て、実力で田楽の場を奪いとらなければと、父は考えていたようであった。

その時を目標に、私は物心つくかつかないうちから、厳しい英才教育に投げこまれていた。能の稽古は七歳からと言われているが、私の場合は、わかってもわからなくても、口移しに謡《うたい》を習わされていた。興福寺の学僧の許《もと》に、漢文の素読に通わせられたし、春日神社の禰宜《ねぎ》の弟に『古今集』の暗誦《あんしょう》もさせられていた。無垢《むく》な子供の頭脳は、無欲で純粋なせいか、乾いた布が水を吸い取るようにそれら注がれる智識のすべてを片端から柔かな脳髄に吸い取っていった。

またその傍ら、多武峯《とうのみね》にも父の座は参勤の義務のある関係から、多武峯のお家芸ともいうべき蹴鞠《けまり》の習得もさせられた。

自分でも不思議なくらい、私はそれらの特訓をむしろ楽しく受け入れて、片端から自分の能力の中に飼い馴《な》らしていった。父はそんな私の調教の成果を、満足気に見つめていた。

「鬼夜叉よ、覚えておくがいい。そなたは生れつきの天才だ。同時代に、めったに並び立っては現われない稀《まれ》なる才能の持主だ。評価の厳しいわしが保証するのだから信じるがいい。そなたのような神童が中楽の家に生れたというのも不思議な宿命だ。これからわれらは京へ打って出る。そこでそなたの秘められた才能のすべてを開花させてみる。京には芸の本質を見抜く貴人たちがいる。自分では気づいていないかもしれないが、そなたの稀なる美童ぶりに心奪われた高僧や貴顕の人から、買い手が殺到してきたものだ。わしはのらりくらり断り通して、そなたの純潔をこれまで守ってきた。安売は出来ぬ。どうせ売らねばならぬ宝なら、最高の客に、最高の値をつけさせる」

「それは……どうでも買われなければならぬものなのでしょうか」

「……宿命だな」

父が目をそらせて言葉をつづけた。

「それも芸の肥しと心得てくれ」

「父上もわたくしの年頃には、芸の肥しにそうされてこられたのですか」

それには答えがなかった。しかしそれまで見たこともない父の無表情が、答えになっていた。

私はその瞬間、父がこの男色売春の習慣に、今もって生理的になじめないでいることを、直感的に理解した。

その後、父の上昇志向は熱度を増すばかりで、貴族趣味への憧《あこが》れは、天井知らずの様相を示してきた。

眠る間を惜しんで、京で演じるための能の台本を徹底的に書き更《か》え、舞台の音曲に変更の手を加えていた。

京の観客をまず意外性で愕かせ、思わず身を乗り出させる面白さを、舞台に表現しようとして脇目もふらなかった。

念ずれば花開く。遂《つい》に父の夢のその日が到来した。

今熊野神社の演能を将軍義満《よしみつ》さまが御見物下さるという通達が父の許に届いたのだった。

報《しら》せてくれたのは海老名《えびな》の南阿弥《なんあみ》という男だった。もとはわれわれ同様申楽をなりわいにしていた仲間だったが、いつの間にか遁世《とんせい》して京に出ていた。独得の話術と取入り術で、大名、公家《くげ》、僧侶《そうりょ》、学者などの間を遊泳しているという。将軍は当日、舞台の最初から観覧されると告げてきた。

この日を夢の中まで渇望《かつぼう》しつづけてきた父は、喜びの余り、私の手を摑《つか》んだまま、口がきけなかった。

「とうとう……」

私がようやく、そこまで言うと、

「来たぞ、やっぱり……」

と押し出すような声でうめいた。来たものはようやくめぐってきた男時《おどき》なのか、将軍のお成りという輝しい栄誉なのか、すべてをひっくるめた幸運の足音か。父は急遽《きゅうきょ》、番組の練り直しをして、座の最高の老人の役と決っている最初の演目「翁《おきな》」を、一座の大夫《たゆう》観阿弥自身が演じることにした。それは南阿弥の意見でもあった。

「はじめて御覧になるのだから、一座で最高の役者の、一番巧《うま》い芸を、どんと打ち出さなくては」

その作戦は的中した。

最後の幕まで御覧になられた後、大樹さまは、われら親子を近々とお呼び寄せになった。

「申楽がこれほど面白いとは知らなかった。また見ることにしよう」

やや疳高《かんだか》いそのお声には天下の将軍という厳《いか》めしさはなかったが、十七歳という若さが匂《にお》いたち、照り輝くような白い豊頰《ほうきょう》に、お笑いになると浅い靨《えくぼ》が刻まれ、女に見まがいそうな愛嬌《あいきょう》が湧《わ》く。これこそが、父が日頃よく口にする雅《みや》びやかさというものだろうと、うっとり見惚《みと》れていると、その視線を捕え、からみつくようななまめかしさで、見つめられる。全身がふわっと、引き寄せられるような不思議な感覚を味った。美しく若い将軍は、つぶらな瞳《ひとみ》に私の目を捕えたまま、声は父に向けて仰《おお》せられた。

「鬼夜叉を、室町まで供させる」

父に異存のあろう筈《はず》はない。これ以上の首尾があろうか。

その日を境にして、結崎座は将軍家という何よりも強力な後援者に贔屓《ひいき》され、格別に庇護《ひご》される幸運に恵まれた。

父は当然のように座の名を観世座と替えていく。

二晩御所に留められて帰った私に父は目を伏せて言った。

「御苦労だった。今回のわが座の幸運は、万事鬼夜叉のお蔭《かげ》だ。これで大和の中楽が、田楽と同列の地位を京に打ち建てられるということだ。今日の日のために、どれほどの努力と工夫を秘《ひそ》かに重ねてきたことか」

その時、父は私の前で両掌を床に突きそうな振りを見せた。愕《おどろ》いた私がそれをとめると、声を落してつぶやいた。

「辛《つら》かったか」

その一言で、私の二日間の緊張の糸が切れ、思わず涙ぐみそうになった。

将軍に認められ、後援者になってもらうことが、どれほど偉大な効果を得るものかということは、日と共に重い実感として伝ってきた。

その頃の一夜だった。父が人払いして、好きな濁り酒を傾けながら、珍しく饒舌《じょうぜつ》に話してくれた。外に向っては万遍なく愛想のいい分、内入りが悪く、家族との団欒《だんらん》などは意にも介したふうがなかった。独りでいる時は、いつでも芸の工夫に我を忘れていて、はたから見れば滑稽《こっけい》な身ぶり、手ぶりをしている。顔の表情も、体の動きにつれて、怒ったり、泣いたりの百面相になる。そんな父の姿を稽古場の隅に坐《すわ》って目で追っている私の存在など、全く目に入らぬ様子であった。

父の濁り酒は母の手造りのものと決っていた。私には決してすすめなかった。

「いいか、酒を呑《の》まずに、酒呑みの酔い方を観察しておくことだ。あらゆる人の姿態を見届けて、それを舞台で真似《まね》るのだ。物真似こそ中楽の根本芸だ。役者はあらゆるものになり切って演じなければならぬ。人間だけではない。神にも鬼にも幽霊にも、動物にもだ。わしら人間は、人間以外のものになり切ることは難しい。しかしそれを真似ることは出来る。芸人ならばやらねばならぬ。酔っぱらいを例にとってみるがいい。酔いの中味は万人それぞれちがう。体調が悪くて酔うこともある。憂悶《ゆうもん》をまぎらしたくて酔う酒もある。淋《さび》しい時、嬉しい時、人は酔いたがる。その酔い方を見て、酔った人間の酔う原因の心情を見抜かねばならぬ。物真似とはそういうことだ」

「父上の今夜の酔いの心情は」

「さあ、それよ、喜びの酔いだ。祝い酒だ。中楽にやっと、日の目が当ってきた。どれほど長い年月、この日を待ち望んで心を砕き、技を練ってきたことか。今度の成功はそなたのお蔭よ。そなたの類《たぐい》稀な美形ぶりに、大樹さまが一目で惚《ほ》れられた」

あまりに嬉しい時の酔いは泪《なみだ》を伴うものだということを、はじめて父の酔いの上に見た。

将軍を大樹と呼ぶわけを、その夜父に訊《き》いた。

「後漢の将軍に馮異《ふうい》という人物がいた。戦いの後で、諸将がわれ勝に自分の功を誇る中で、馮異ひとり、大樹の下に退いて、功を自慢しようとはしなかった。その故事から、彼が将軍になった時、尊称として大樹将軍と呼ぶようになった。それ以来、将軍、または征夷《せいい》大将軍の異称になっている。お若い将軍さまの尊称としてこの語を選ばれたのは、さてどなただろうか。三管領《かんれい》の斯波《しば》、細川、畠山《はたけやま》あたりが名付けられたか、或《ある》いはこういう雅びな呼び方を思いつかれるのは、当代一の教養人の二条良基准后《じゅごう》さまあたりかもしれぬな」

父のその夜の酔いは、深まるほど明るく上機嫌になった。

暁方近くになってようやく解放された。

「もう寝《やす》め」

と言われて、座を立った私の背に、父の声が追ってきた。

「もう大丈夫だ。一夜で酌の呼吸を会得《えとく》してしまったたな。大樹さまにも今の呼吸でな」

はっと振向いた私の目から視線をそらせ、盃を持たない手を片手拝みにして、

「頼んだぞ、鬼夜叉、すべて観世の能のためだ。すぐ馴《な》れる」

と言われた。

一滴も呑まないのに、私の体には父の酔いを心でなぞりつづけていた観念の酔いが、たまりにたまり、ひとりになると足がもつれて、不覚にも廊下に横倒しになっていた。

度々召されて近親するにつれ、若き将軍の華やかさの裏に沈澱《ちんでん》した孤独の影が透かされてくる。

足利《あしかが》幕府の創立者尊氏《たかうじ》を祖父とし、二代将軍義詮《よしあきら》を父として生れた大樹さまは、生れながらに、三代将軍の地位が約束されていた。春王《はるおう》といううららかな幼名そのままに、美しく華やかな上、天性の品位を具《そな》えたおおらかなお人柄であった。格別偉大な風雲児だった初代尊氏将軍に比較され、とかく劣等感に圧《お》されていた二代将軍義詮さまは、将軍としての才能にも人徳にも乏しかったらしい。執事細川清氏《きようじ》に裏切られ、南朝に寝返って、京都に攻めこまれた時、四歳の春王さまを置き去りにして、自分ひとりで近江に逃げ走ったといわれている。

「要するに、父義詮は、南朝軍に攻撃された時、恐怖で気が動転して、稚《おさな》い子供のことなど、忘れてしまったのだろう。情けない人さ、部下が心服しないのも当然だ」

と、他人事《ひとごと》のように、大樹さまが話された時、返答の仕様もなかった。

春王から義満に改名されたのは九歳の時で、その翌年、二代将軍は風邪をこじらせ、あっけなく病歿《びょうぼつ》された。

「およそ父親らしい頼もしさもなかったが、死ぬ間際《まぎわ》には、細川頼之《よりゆき》と余を枕頭《ちんとう》に呼び、苦しい息の下から、細川に稚い世継の将来を托《たく》して死んだ。まだ三十八歳だった。将軍という立場に不適格で、人に言えぬ苦労もあったのだろう。将軍職に命を縮められたとしか見えなかった」

義満さまが将軍職につかれたのは十一歳であった。十一歳の少年将軍の胸中など想像も出来ない。

生れた時から将軍になる宿命もあれば、生れてみれば、人にいわれもなく賤視《せんし》される身分を背負っている宿命もある。人より美しく生れることもまた本人のあずかり知らぬ宿命に外ならない。この頃から私は、自分をたしかに美しいと認識するようになった。それまで鏡を見るのが嫌いだったが、この頃から、気がつくと、鏡の中の自分をまじまじと見つめていることが多くなった。美しい自分が好ましかった。

「美しさは武器だ」

事あるごとに言う父の声にも、うなずけるものが感じられてきた。そうして、私はいつでも昂然《こうぜん》と顔をあげて、ひるまず相手の顔を正面から見ていた。そうすると、たいてい、相手の方が、かつての私のようにあわてて目を伏せたり、そらせたりするのだった。

南北朝両立という不自然な世の中に、絶え間なく起る戦乱や一揆《いっき》に、人心は倦《う》み疲れきっていた。長い泰平も頽廃《たいはい》を招くが、長い戦乱は、更にひどい無気力と絶望に人を陥《おとし》いれる。そして人はそのどちらにも生き残るために我から狎《な》れなじんでしまうのだ。

ようやく大樹さまとの夜に、肌が馴れてきた頃であった。

父から、二条良基准后さまのお邸《やしき》に参上するようにと言われた。押小路《おしこうじ》烏丸《からすま》にあるお邸は、二条殿とも押小路殿とも呼ばれていた。

今度も、案内役は海老名の南阿弥であった。

「最近の観世座の人気はどうです。今時、どこへ行っても都じゅう観世の中楽《さるがく》の話で持ち切りですぜ。将軍さまが御贔屓と聞くだけで、庶民の顔がどっとそっちを向く。運が向くということは恐ろしいもんですなあ。これもみな鬼夜叉さんの美童ぶりの賜《たまもの》ですよ」

答えようがないので黙っていると、南阿弥は調子に乗って言葉をつづける。

「今度だって、あちらさまが是非あんたに逢《あ》いたいとおっしゃる。二条良基というお方は、北朝の政治家としては最高のお方なのです。関白で氏長者《うじのちょうじゃ》、皇太子の傅《めのと》、その上、あらゆる学識芸能面でも当代一と折紙付。こんな結構ずくめのお偉いお方がどこの世界にいるものですか。年の頃も今年五十六歳という貫禄《かんろく》の重さ。お若い将軍さまにとっても、あらゆる面で師匠格のお立場だそうです。宮廷内の作法一切、有職故実《ゆうそくこじつ》をはじめ、和歌、連歌、管絃《かんげん》など、何でもかでもその道の第一人者です」

「恐ろしいな、そんなお偉い方に逢うのは」

はじめて挟んだ言葉は嘆息まじりになる。

「いや、ところが稚児《ちご》さん好みの御趣味もまた、このお方の右に出る方はいないそうで……」

町での私の噂《うわさ》を聞き及ばれて、御昵懇《ごじっこん》の東大寺の尊勝院経弁さまに、引見したいと御相談されたとか。東大寺から父へ、父から南阿弥へと話が通じ、今日の御対面の運びとなったようであった。

南阿弥は、厳めしい押小路殿の玄関先で引き取らされた。帰りはお邸の方で私を送り届けるということである。

広いお邸の磨き抜かれた廊下を幾曲りもして案内され、一つの部屋の内に導き入れられた。

名香の匂いが一際高く漂っている部屋の奥に、痩《や》せた品のいい初老の男が、おだやかな表情で坐っていた。入口に平伏すると、

「近う」

と声がかかる。大樹さまと同じように口にくぐもったような発声をする。今熊野でのあの日から、大方半年ほどが過ぎた間に、こういう貴族の邸の空気にも馴れてきて、度胸が坐っていたらしい。自分と歳《とし》の近い大樹さまには、早くも畏《おそ》れ多さよりも親近感の方が上廻っていた。

しかし今、目の前にいるおびただしい肩書の覚えきれそうもない当代最高の公家には、向いあっただけで、その存在感の大きさに圧倒されそうになる。

「聞きしにまさる見事な美形よのう。逢っただけで老いのかじかんだ身も心も閑《のど》やかになる」

「恐れ入りましてございます」

「一目で公方《くぼう》がその方に心奪われたわけがしっかとわかった」

大樹さまとの関わりが始って以来、上流の方々が実に率直に本音でものを仰せになるのに愕かされつづけていた。下賤の生れや育ちのわれらには、あまりに率直な心情

や、感動は、まず気恥しさに気おくれし、何かと憚《はば》かられることが多く、そのまま口になど出来るものではない。上流の方々にはわれらに共通した恥の観念が欠如しているように見受けられた。

この日初対面で、准后さまから、幾度手放しの賞讃《しょうさん》の言葉が浴せられたかしれない。

会話の端々に漢語が多いのは、お若い大樹さまとの会話の時とはずいぶん勝手がちがっていた。幸い、理解出来ぬような漢語もなかったのにほっとした。すぐそれにお気がつかれたのか、

「漢籍は誰に習ったか」

と訊かれた。興福寺の学僧の名を二人あげると愕いたようにうなずかれた。

歌は何を覚えているかとの問に、

「万葉集はまだ僅《わずか》しか覚えられません。古今集は一通り……」

語《そら》んじている歌をあげてみよと畳みこまれ、頭に浮ぶままを片端から詠《よ》みあげると、途中で制された。

「何と見事なものよ。そこまで仕込んだそなたの父、観阿弥という男にも逢いたいものよ」

と感嘆された。思わずほっと一息いれ、

「まるで科挙の試験もかくやとばかり緊張致します」

　と口をすべらせると、声をあげてお笑いになった。

「それでは試験ついでにもう一問、どうかな。源氏物語の女君の中では、誰が気に入っているかな」

「明石《あかし》の君です」

「ほう、どうして」

「身分の低いことを生涯恥じて何かにつけ振舞いがひかえめな気持が、わが身に引きつけられ、よくわかる気がいたしますので」

「その年で、よくあの物語をそこまで深く読みこんだものよ……いやもう驚嘆するばかり」

　その時、まさに源氏物語から抜け出したような若い袿《うちぎ》姿の女房が顔を出し、

「御支度が整いました」

　と告げた。

「おお、それはよかった。科挙の好成績の褒美《ほうび》にこれから愉《たの》しいものを見せてやろう。そなた蹴《け》鞠《まり》は見たことがあるかな」

「あまり得意ではございませんが、少しばかり心得ております」

童よのう」

「何、蹴るというのか。誰に習った」

「大和のわが観世座の中楽は、多武峯や興福寺の付属で、宗教行事には参勤の義務もございます。多武峯こそ蹴鞠の発祥と因縁の深い所と聞いております」

「おお、そうであったな、多武峯は藤原鎌足《かまたり》公が祀《まつ》られていた。中大兄皇子《なかのおおえのおうじ》と鎌足公は鞠で結ばれたのだ。それにしても、そなたは美しいばかりでなく、利潑《りはつ》で奇特な名童よのう」

襖《ふすま》を引き開けると、南面の庭は、七間半四方の蹴鞠の場にしつらえられていた。東北隅には桜、東南に柳、西南に楓《かえで》、西北に松が植えられているのも型通りで、すでに革沓《かわぐつ》を履き、指貫《さしぬき》の裾《すそ》をしぼった若い秀麗な公達《きんだち》が数人、待機していた。さきほどより若い女房が私の前に沓を持ってきて跪《ひざまず》いた。

いつの間にか廊には准后さまを囲んで、その左右に公家衆のお歴々が見物していた。

その日の蹴鞠の成績も、われながら気味が悪いほど成功を収めた。

引き続きその夜は賑《にぎ》やかな宴会となり、そのままお邸に泊められた。

大樹さまについで二人めの男と枕《まくら》を交した。父より十三歳も年長の准后さまは、私とは四十三の年の差がある。五歳年上の大樹さまとでは何から何まで勝手がちがう。

「さぞ疲れたであろう。宴席でもあれほど気配りをして、まめに酌をして廻って」

「……」

「安心おし、今夜は何もしない。ひたすら眠るがいい。そなたの美しい寝顔を一晩中見守るだけで、老いの命が延びるようだ」

抱きよせられ、背中を羽毛の刷毛《はけ》のような柔かさで、撫《な》でられているうちに、不覚にも、ほんとうに眠ってしまった。気がつくと、衣類をすべて脱がされた無防禦《むぼうぎょ》な姿で横たわっていた。春の微風のような柔かさで、全身がまた撫でられている。絹のようなすべすべしたあたたかな掌は、大樹さまのむっちりしたあの掌の感触とはあきらかにちがう。

目覚めたことをかくしたまま、軽い寝がえりを打って、二つの掌がもっと自分の軀《からだ》のすべての細部に届き易《やす》いようにむきを変えた。二つの掌と十本の指が、私の覚めていることに早くも気づきながら、嘘寝《うそね》の演技につきあってくれている。

全身が気だるいような熱を持ってきて、快さが、骨の芯《しん》までしみ通っていく。疲労はすっかり拭《ぬぐ》いさられていた。自分の軀の奥から芳香が湧《わ》いてくるような気がする。

「いとしい……」

ため息のような声が顔にかかると、厚く堅い男の軀にしっかりと包みこまれていた。顔に靨《えくぼ》の刻まれるような大樹さまは、軀もすべすべして、厚い肉が、骨をかくしていた。

大樹さまも私も、まだ育ちきっていない青い木の実のような頼りなさが残っていた。ふたりで軀をあわせて、ようやく一人前の人間が一人出来たような感じさえした。

准后さまの軀は、着痩せがするのか、裸になると、堅い筋肉が無駄なく骨を掩《おお》っている。固く抱かれるとこちらの軀がとけてしまって、液状にとろけて吸いとられそうに思える。

骨のないくらげになってしまったように自分が頼りなく、准后さまの梶《かじ》まかせに、朝までずっと春の海にうっとりと漂わされていた。

次の日は、食事を部屋の外まで運ばせ、誰も室内に入れず、ふたりだけの時を過した。

「それにしても鬼夜叉という名前は、美しいそなたにあまりにもそぐわない。美童愛《あい》寵《ちょう》の風習は、今日、世間の流行の好尚だが、そなたの美貌《びぼう》と容姿の端麗さは、筆にも言葉にも尽せない。そなたの生涯でも今から数年が、最も魅惑的な花の時節だろう。今からは、恐ろしげな鬼夜叉を捨てて、そなたの美にふさわしい名前で生きるがよい」

准后さまは、その場で筆をとられ、紙の中央に、

「藤若」

と記された。藤若と口の中でつぶやく私の恍惚《こうこつ》とした声に、満足気な微笑を浮べ、麗筆はさらに余白に躍っていく。

　松が枝の藤の若葉に千とせまで
　　かかれとてこそ名づけ初《そ》めしか

「今からそなたは藤若を名乗るのだ。藤はわが藤原氏の象徴の花だ。そなたの美しさは満開の藤の花房にもたとえられる。藤原の氏の長者であるわしをたくましい松にたとえよう。可憐《かれん》な藤の花は、松の幹にまつわりついて永遠に今日の縁《えにし》を保ってほしい。そんな想《おも》いをこめて、この名を与えよう」

　お礼の言葉も思い浮ばず、私は全身を藤の花房になぞらえ、頼もしい松の幹にしっとりとからみついていった。

　若い将軍の文化的教養の師である天下一の文化人に、これほど愛されてしまったことを知らせたなら、父はどれほど歓喜するだろうか。

「稚《おさな》い将軍に最高の公家としての作法や、学識の数々を教えこんだように、これからは、智識人《ちしきじん》として貯《たくわ》えてきたわが教養のすべてを、藤若の頭脳と軀の中に注ぎこんでやろう」

「かたじけのうございます」

そういう真面目《まじめ》な話を、裸の五十六歳の老体と十三歳の未熟な少年が閨《ねや》の睦言《むつごと》として交わしていることが、ふとおかしくなった。そんなふたりを私の中のもう一対の双眼がじっと見据えている。父の教える「離見《りけん》の見《けん》」とは、こういうことなのではないか。

舞台で実人生の諸相を物真似《まね》しているつもりが、習い性となって、いつの間にやら実人生でも私は舞台の演技をしているのかもしれない。五十六歳の准后さまに抱かれている自分自身、十八歳の匂《にお》やかな大樹さまにいつくしまれている私、高橋殿の豊乳で、高橋殿の名づけた私自身の「生意気な侏儒《しゅじゅ》」をいたぶられているこの身……そのどれも真実の私なのか、それとも、舞台で客の反応をはかりながら全神経を集中させ、無心のふりをして舞っている私が真実の私なのか。どこに本物の自分は存在するのだろう。

「何を考えている」

准后さまの眼光は私の脳の襞《ひだ》までさし通すのだろうか。

「いえ、何も……ただうっとり、ぼんやりしておりました」

「嘘をつけ、そんな表情ではなかった。あててみようか」

「はい」

「藤若はな、このことを、大樹にどう話したものかと思案していた」

「ああ、恐ろしい、その通りでございます」

「それから、観阿弥にもどこまで報告すべきかと」

「そ、その通りでございます」

安堵《あんど》で、かえって鳥肌が立ってきた。

「教えてやろう。誰にも話すな。この秘めごとは、藤若と、ふたりだけの秘密だよ。わが亡《な》き後も、この秘密守り抜くのだ。秘すれば花だ」

「ええっ」

私は思わず身を起こしかけた。同じ言葉を、つい先日、父から耳にしたばかりなのだ。近頃、稽古《けいこ》のあとで時間があれば、父はふたりだけで話しあう時を作ってくれる。父の話は世間話をしていても必ず芸の話、稽古の話になってしまう。母の濁り酒がまわって、舌がなめらかになった頃、父が目を軽く閉ざして謡《うた》いだすように言ったのだ。

「秘すれば花なり。秘せずば花なるべからず」

はっとして思わず坐《すわ》り直していた。沈黙があった。たまりかねて、私はやはり目を閉ざし、今、頭に焼きついたばかりの言葉を繰り返した。一字もたがわなかった。仏の真言のように、口にしただけで、気持がよく、意味の説明はいらなかった。それでも父は何やら、こまごまと、言葉の説明をしてくれていた。私は聞いていなかった。真言に説明はない。

誰か、偉い人の言葉なのだろうか。私が無学にして知らないだけで、誰でもが聞き馴《な》れた古い言葉なのだろうか。それを、今、准后さまの口からも聞かされようとは。

たまりかねて質問した。

「その言葉、誰かの箴言《しんげん》でございましょうか」

「いや、今、思いついたわしの言葉だ」

「父が、観阿弥が、つい先頃、それと全く同じことを私に教えました」

「ほう、人の考えること、思いつくこととはその程度なのだな。これは面白い」

准后さまはいかにも愉快そうにお笑いになった。

「それで観阿弥は、その言葉をどう説明した」

「それが……この短い言葉の美しさと強さに心を撃たれたあまり、あとのことは何も覚えておりません。何でも家の芸の秘事についてぶつぶつ申しておりましたが……」

「わしにも説明する何もない。こちらは単純明快、恋は忍ぶ恋こそ最高のもの、ふたりだけの秘めごとだからこそ味が濃くなる。公認された恋など、恋とは呼べぬ。味わいのあるのは禁断の恋と片恋だ。光源氏と藤壺《ふじつぼ》の恋、柏木《かしわぎ》中将と女三宮の恋、六条御《み》息所《やすどころ》も源氏にうとまれ片恋になってからが恋のあわれが深まっている」

ことばをさし挟む隙《すき》もなかった。

「媾《まぐわ》ることは雄雌《おすめす》の習性にすぎぬ。恋ではない。ただ、媾いの悦楽には底知れぬものがあり、色欲こそ煩悩《ぼんのう》の最も手強《てごわ》いものとされている。無限と呼ばれる人間の煩悩の中で、色欲ほど執拗《しつよう》で強烈なものはない。仏法で色欲を断じたら、僧侶《そうりよ》は男色という逃道を見つけた。おかしなことだが、そなたのような美童への愛が、高僧の尊い悟のよすがになることもある。煩悩が悟の火種になるのだ。人間というのは不可思議なものだ。その不可思議さをたどれば、まだまだ興味深い物語りも、能の舞台も人の歓心を誘うだろう」

父の観阿弥が、上流の貴顕を対象に、その嗜好《しこう》に合うようにと、中楽《さるがく》の台本を片端から書き直していることも、秘めごとかもしれぬと、告げなかった。

父は例によって、押小路殿から帰った私に何も訊《き》かなかった。

それから数日後、東大寺の尊勝院さまに参上して帰った父から部屋に呼び入れられた。いつにもまして厳重な人払いをして、父は一通の封書をさし出した。

「尊勝院さまから、急のお呼出しで取りあえず伺ってきた。二条の准后さまからのお文が届いていて、これは文中仰《おお》せのように火焼してしまうにはしのびないので、拝読した後、しかるべく処置せよと仰せがあった。わしも拝読したが、これは明らかに、そなたへの准后さまの御真情だと思う。それで、有難く頂戴《ちょうだい》して帰ってきた」

部屋に持って行き、ひとりで拝読せよといわれ、その通りにする。

「藤若いとま候《そうら》はば、いま一度同道せられ候べく候。一日はうるはしく、心そらなる様になりて候《そうらい》し。わが芸能は中々申すには及ばず、鞠、連歌などさへ堪能《たんのう》には、たゞ物にあらず、なによりも又、かほたち、ふり風情《ふぜい》ほけほけとして、しかもけなわげに候。かゝる名童候べしともおぼえず候。源氏物語に、紫の上のことを書きて候にも、眉《まゆ》のあたり煙りたると申たるは、ほけて、優のあるかたちにて候、おなじ人を、ものにたとへ候に、春のあけぼのの霞《かすみ》の間より、かはさくらの咲きこぼれると申たるも、ほけやかに、しかも花のあるかたちにて候、歌も連歌もよきと申は、かかりおもしろく、幽玄なるを上品にはして候なり。この児の舞の手つかひ、足ふみ、袖《そで》かへしとさま、まことに二月ばかりの柳の風になびきたるよりも、なほたをやかに、秋の七草の花ばかり夕つゆにしほれたるにもまさりてこそ候らめとみえて候。

昔唐の玄宗の、沈《じん》にて家をつくられて、二、三里のうちは匂ひ候けるとかや。これを沈香亭と号して、このところにて、楊貴妃《ようきひ》の牡丹《ぼたん》の花をもてあそびて、霓《げい》裳羽衣《しょううい》の曲と申すは、玄宗の月の都へ入りて、玉の笛にてうつされたる天人の舞を舞ひて、袖をかへして、李白といふ詩作り、おもしろき歌どもを作りて唄《うた》はせ候けるも、今の心地しておぼえ候なり。光源氏の花の宴に、春鶯囀《しゅんのうでん》といふ楽を、花のかげにて舞はれて候し夕映のほども、かくこそとおぼえ候ひし。将軍さま賞《しょう》翫《がん》せられ候も、ことはりとこそおぼえ候へ。得がたきは時なりとて、かやうのもの上手も、折を得候事、難き事にて候に、逢《あ》ひにあひて候事、ふしぎにおぼえて候、天馬も伯楽にあはざれば、足ならふなし。卞和玉《べんかのたま》三代を経てこそ、宝物にもなりて候ひし。知る人のなき時は、正躰《しょうたい》なきことにて候。かかる時に逢ひ候ひしも、ただものならずおぼえ候。相かまへ相かまへ、此《この》間に同道候べく候、埋れ木になりはて候身の、いづくにか心の花も残りてんと、われながらおぼえて候。
この状、やがて火中に入れ候べく候也《なり》。
卯月《うづき》十七日
尊勝院へ」

読んでいて恥しさに全身が熱くなる。将軍の学問や作法の師にも当るような人物から、これほどの讃辞《さんじ》を寄せられることが異常で空恐ろしくなった。

卞和の玉の事だけが理解できず、父に教えてもらう。周代の卞和が山中で磨石の原石を発見して楚の厲《れい》王に献じたが、宝石と認められず左脚を切られ、武王に献じたが、やはり信じられず右脚も切られてしまった。最後に文王に献じ、玉人に磨かせた結果、光り輝く宝玉があらわれたという故事だという。

知る人のなき時は、正躰なきことという言葉が心に最も残った。最高の権力者の大樹さまと、その智識の師にも当る准后さまに知られたという事は、得難い幸運と喜ぶべきことなのだろう。しかし、素直に有頂天に喜べない忸怩《じくじ》たる想いが、澱《おり》のようによどんでいた。

この縁によって、以後は公然と押小路殿へ招かれるようになった。連歌の会にも列席することが多くなった。

連歌は准后さまが長年最も力を注いでいらっしゃる御趣味であった。それは趣味の域を越え、准后さまにとっては和歌のように学問的に体系づけられようと試みていらっしゃる御研究の道といった方が正しいかもしれない。准后さまは連歌という遊びの色濃いものを、和歌と並んだ文芸としての位置に引き上げようと努力されていらっしゃるようであった。

『菟玖波集《つくばしゅう》』という連歌を二千句集めた連歌撰集《せんしゅう》を編集なさった。

それでもその当時の連歌の座は社交的なお遊びの席であり、自分のような者がそこへ同座させられることは、その席のお取持をする役目も兼ねていた。

ある時の席で、

功《いさお》捨つるは捨てぬ後《のち》の世

という准后さまの句に、

罪を知る人は報《むくい》のよもあらじ　児《ちご》

という句をつけたのが、絶讃されて、面目をほどこしたことがある。たしか十六歳になっていた頃と思うが、私はまだ、児《ちご》と呼ばれて寵童のなりをしていた。当然、客たちへの接待の役も、慰労の役にも労を惜しまず、謡うことも舞うことも進んでつとめていた。

それ以上の見返りをその都度受けていた。そうした宴からどれほど有益な耳学問させてもらったか量り知れないし、上流貴顕の人たちの言葉づかいや仕草を盗んだか知れなかった。

大樹さまからは色で、准后さまからは才で寵愛《ちょうあい》されているという印象を世間に与えるよう振舞ってきた。

　この二人に出逢うことがなかったなら、また、二人から望外の寵愛を受けなければ、観世座の京進出も適《かな》わなかったと父はしきりに言う。

　父の宿願は、観世座の申楽を、大和や、他郷の地方廻りではなく、京の都を舞台に乗り出したいという野心達成にかかっている。

「綺麗《きれい》ごとではすまぬ。喰うか喰われるか、二つに一つだ。京へ乗り出せたらそれこそが出世になる。卑《いやし》められてきた下層の民の中に、どれほどの起爆力が貯《た》めこまれているか、今に目に物見せてくれよう」

　武者震いのように巨《おお》きな軀《からだ》をゆすって、父は腹の底から痛快そうに笑った。

「勝負は公正よ、採点者は、見物衆だ。本物の能の味を解《わか》ってくれるのは一つまみの上層階級の人だ。その人たちの観賞に堪えなければ、たちまち梯子《はしご》を外される。上流の者ほど自己本位で気まぐれで移り気な者はない。藤若の美童ぶりもあと幾年保つことか、寵が厚いほど飽きも早く訪れる。いいか、芸は三十四、五までと覚悟しておけ。三十四、五こそ芸の全盛期だ。この時まで、評判も取られないような芸人は見込みがない。芸の上るのは三十四、五まで、下るのは四十以降と覚悟せよ。それまでに不動の人気を摑《つか》み取っておかねばならぬ。そなたなら、出来る」

　そう言い放って、父はまた気持よさそうに哄笑《こうしょう》した。

聞いている私はその頃十二、三の少年で、自分が男からも女からも秋波を送られる何かを持って生れたらしいことが漸《ようや》くぼんやり自覚されかかった程度で、芸への熱意はとうてい父の熱情に及びもつかないものであった。もし、そんなことが可能なら、准后さまに終身雇用の身にでも奴隷《どれい》にでもしてもらい、あの書庫に山と積まれた内外の書物を読破出来たら、どんなに満足だろうと思うのであった。

しかし現実には、京へ進出、座の出世しか眼中になく闘志に燃え上っている父の情熱に圧倒され、文句の一つも言わず、黙々と稽古に励んでいるばかりだった。

閨《ねや》の中の戯れ言の中で、大樹さまから、准后とはどういう関係になっているのかと、執拗《しつよう》に問いつめられたことも度々あった。その都度、准后さまに教えられた通り、

「実は……、お気の毒なことながら、もうそういう方面のことは不可能になられて……」

という言葉も、大樹さまは、

「嘘《うそ》をつけ、あの准后はな、学問、有職《ゆうそく》もさることながら、そっちの道の格別の探究家だ。関白の頃は、高麗《こうらい》や南蛮まで手を伸して、強烈な秘薬を貯めこんでいると聞いている。その男がまだ六十にもならずに不能になるなど信じられない」

困りきっていると、いつの間にか隣の寝床に来ていた色知《わけ》りの高橋殿が口をはさむ。

「それは大樹さまの御推察通りでございましょう。きっと准后さまは藤若さんに口止めなさってるのでしょう。言い逃れる答までこまごま教えられて」

「何のために」

「世間では、大樹さまに寵愛されて、中楽の一座まで活生させた藤若さんに羨望《せんぼう》と嫉《しっ》妬《と》で大変です。たとえば」

「たとえば……」

「先月、大樹さまと藤若さんが御一緒に祇園《ぎおん》さんのお祭見物に行かれたでしょう。四条東の洞院《とういん》の桟敷《さじき》でした。あの時、桟敷に並んで御見物になった大樹さまは、盃を藤若さんにおあげになり、同じ器の食物を御一緒に箸《はし》をつけて召し上りましたね」

そうだったかというように大樹さまが私の目を見返られた。私は目をそらせてうなずくしかなかった。

「それがもう京の町では大変な評判になっております。藤若さんを御寵愛のことは噂《うわさ》として存じあげていても仲睦《むつま》じさを目《ま》の当りに見た人々たちは、すっかり肝をつぶしてしまいました。やはりその様子を目撃された内大臣三条公忠《きんただ》さまが、毎日書かれていらっしゃる日記『後愚昧記《ごぐまいき》』と名付られたものに、つぶさに書き残されたと申します。どういうつてか、あるいはわざと内大臣が外へお出しになったのか、たちまちその日記の件が京じゅうの話題をさらっております」

「何か気に入らなかったというのか」

「写しを持参しております。気持のよいものではございませんけれど、一応お目にされておかれた方が……」

高橋殿が懐《ふところ》から引き出した日記の写しを、大樹さまにさし出した。

その日の御輿《みこし》についてくだ〳〵書かれた後、

「……大樹桟敷を構え之《これ》を見物す。件《くだん》の桟敷は、賀州の守護富樫介《とがしのすけ》経営す。大樹の命に依《よ》るなりと云々《うんぬん》。大和猿楽の児童（観世の猿楽法師の子なり）召し加へられて大樹の桟敷に於《おい》て見物なり。大和猿楽の児童、去る頃より大樹之を寵愛《しようがん》し、席を同じうして器を伝ふ。此《こ》の如《ごと》き散楽の者は乞食の所行なり。而《しか》るに賞翫近仕の条、世以《も》って傾奇《かぶき》の由《よし》。財産を出賜し、物を此の児に与ふる人は、大樹の所存に叶《かな》ふ。仍《よ》って大名等競ひて之を賞賜す。費巨萬《ついえきよまん》に及ぶと云々。比興の事也」

読み終って、大樹さまは、びりびりとその紙を破られ、高橋殿の膝《ひざ》に投げつけられた。額に青筋が浮んでいる。よほど御腹立なのであろう。高橋殿は身を伏せたまま、さっと居なくなってしまった。予想以上に大樹さまを不愉快におさせしたことを後悔しているのだろう。

その夜の大樹さまは、御体内に竜を一匹抱かれているように荒々しく動かれた。組み敷かれ、刺し貫ぬかれながら、私は日記の文字がそのまま私の裸身に刷りこまれているような不快感にさいなまれていた。

「此の如き散楽の者は乞食の所行なり」

口の中で繰り返すと、文字が針を持った石に変じ、口中を攪乱《かくらん》する。いつ舌を嚙《か》んだのか、血が唇の端から流れだし、純白の大樹さまの絹のお寝巻を汚している。それを目にされると、大樹さまは一層荒ぶられ、まるで私が、日記の作者ででもあるかのように責めの度をいっそう激しくされるのであった。

「猿楽の役者など所詮《しょせん》乞食の所業ではないか、それをあれほど思い上らせてよいものか」

「将軍も将軍だ、あんな者と一つ皿から物を食われるとは」

「これではわれわれの立場はどうなるというのだ」

公卿《くぎょう》や武家の間で交わされるそういう言葉の数々を、私は数日前に高橋殿から、閨の中でじかに聞いていた。

大樹さまによって、はじめて男どうしの性戯を開眼させられ、女の肉の奥に、どのような熱い火と豊かな泉がかくされているかを教えられたのは高橋殿からであった。

大樹さまとの初夜、いきなり焼けた松明《たいまつ》を差しこまれたような激しい痛みに耐えきれず、ほとんど悶絶《もんぜつ》してしまった私の血にまみれた傷の手当をしてくれたのもこの人であった。

「はじめてだったのね。大樹さまも驚いていらっしゃったわ」

高橋殿は思い出したようにあふれる私の涙を吸いとってくれながらいった。その後別人のような口調になり、

「それにしてもはじめてだったとはねえ……わたしも大樹さまも、とっくにあの婆娑《ばさ》羅《ら》道誉《どうよ》さまのお手がついているものとばかり思っていたのですよ」

近江の道誉さまから父と共に度々盛大な宴会に呼ばれていた頃、私は九歳か十歳だったのだ。それは口にせず、自分の心の内に鬱積《うっせき》してくる屈辱の嵩《かさ》を悟られまいと口をつぐんでいた。

「どのような悪口雑言も聞き流しておけばいいのです。どうせ、負け犬の遠吠《とおぼ》えだもの。只今の最高の権力者に寵愛されている誇りに酔えばいい。せめて移り易《やす》い君寵の醒《さ》めるまで……」

大輪の牡丹が崩れ堕《お》ちる直前のような華麗さとはかなさをたたえて、高橋殿は艶然《えんぜん》

と言い放った。

父はすでに事件を知っていた。

「これほど急激に観世の能が京で人気を得たからには、この程度の嫉妬や反撃があって当然だろう。おかげでわが観世座は、地方の町々、村々からも引っ張り凧《だこ》の公演の申し込みだ。勧進申楽《さるがく》の興行も、応じきれないくらい多くなっている。われらの暮しは旅が仕事だ。どこへでも出かけて稼がねばならぬ。久々でめぐりあったこの好機を逃すわけにはいかないのだ。石に噛《かじ》りついてでも、今、この男時《おどき》の好機を逃してはならぬ。観世の基礎を一気に堅めてしまうのだ。頼む。色々不都合なことが多いだろうが、座のため、座の家族のため辛抱してくれ」

言葉もなくうつむいている私に、父はいつにない弱々しい声になって言葉をついだ。

「そなた一人に重荷を背負わせているようで切ないぞ。許してくれ」

「めっそうな。舞台は戦場だ。芸は競争相手との一騎討、勝つか、負けるかの勝負だとおっしゃいました。技も美貌《びぼう》も武器だとおっしゃいました」

「おお、そうとも。一幕一幕の舞台がわれらには命がけだ。出自の卑《いや》しさがわれらのせいか。乞食と蔑《さげす》んだ奴等《やつら》を、いつか必ずひれ伏させてやろう」

父が昂《たか》ぶっていくにつれ、私の心はわけもなく沈みこんでいく。

そうした歳月の流れの中でただひとり、同じ境遇をたどった椿だけは、いつでも私に向けるまなざしの中に、憐《あわれ》みをたたえていたのが、気ぶせでならなかった。

——この女だけは識《し》っているわが心の恥の深さを——そう思うと、この女がいっそこの世から消えてくれたらとさえ切実に思うことがあった。

椿が味わっている屈辱の深さもまた、私には痛いほど理解できているつもりであった。

大樹さまのあの下り目のつぶらな瞳《ひとみ》の中に、どのように執拗《しつよう》で淫《みだ》らな焔《ほのお》がかくされているかを、われわれふたりが互いに識っていることがうとましかった。愛撫《あいぶ》の手触りも、ことの順序も、等しく経験している者どうしが、夫婦として素直に肌を合せられるだろうか。

抱かないことが椿へのいたわりだと思い、あえて触れない月日が二人が暮しはじめてから一年あまりつづいていた。そうしたある夜、夢にしのび入る人の気配に目覚めると、消した筈《はず》の灯がともり、薄いその光りの中にひっそり女が坐《すわ》っていた。白一色の練絹の寝巻をまとった椿は、死装束の女のように清らかで、全身で震えていた。

「もう……耐えられません。淋しくて……」

私は起き上るなり、女の躯を掻《か》き抱いた。震えを止めてやろうと、腕に力を加えた。

「はじめて室町の花の御所で舞った時から、あなたさまだけを、ただおひとりを見つめておりましたのに」

私の腕の中で燃え尽き、死の淵《ふち》に引きずりこまれ、その中からようやく甦《よみがえ》った時、焦点の合わない目を見開き、椿が譫言《うわごと》のようにつぶやいた。

あの夜、私の目も、舞う椿の姿から、一瞬もそらさなかったと告げた。

「うれしい。この一年、嫌われているとばかり思いこんでいました。今夜、抱いていただけなかったら、死ぬつもりでした」

と、こともなげに言った。

「それは誤解だ」

まだ燃えたほてりの去らない女の躯を抱き寄せながら言葉をつづけた。

「この一年、ずっとそなたの気持を、いたわってきたつもりだった。しかし、今になって考えれば、ふたりの屈辱の垢《あか》を洗い流すには、この一年の禊《みそ》ぎの時が必要だったのかもしれぬ」

「いいえ、禊ぎは……」

言いながら椿は自分からしっかりと抱きついてきた。濡《ぬ》れた若布《わかめ》のように隙間《すきま》もなく私の肌に密着して、躯をゆすっている。これまで激しさなど、みじんも覗《のぞ》かせない女だと思いこんでいた。

「こうしていただくことで……これを繰り返すことで、すべてが清められます」

ふたりの躯にしみついた大樹さまの手垢の汚れも、屈辱も清められるといいたいのか。

強く抱けば折れそうなほど華奢《きゃしゃ》なのに、椿の躯は、一夜のうちに、幾度でも死の淵に沈みこみ、そこからたちまち甦ってくる豊潤で強靭《きょうじん》な女の命を湛《たた》えていた。

それからでも、私は椿ひとりを守ったわけではなかった。ひとりの女に捕われてしまうと、能の話を造る想像力が枯渇しそうで、不安であった。

新しい情事が始まる度、椿はいち早く察知したが、終るまで、ただ黙りつづけていた。とがめないことで、耐える力を支えているようだった。

一度だけ、なぜとがめないのかと訊《き》いたことがある。椿は生真面目《きまじめ》な表情を崩しもせず私の目を真っ直《すぐ》見つめてつぶやいた。

「始まったものは、必ず終りがありますから」

帰って来る場所はここしかないと、信じていると言いたいのか。

二人が暮し始めて十年ばかり過ぎた時であった。

椿の口から、新しい妻を迎えてほしいと、唐突に切り出された時は、さすがに絶句した。

「気でも狂ったのか」

「いいえ、正気です。ずっとずっと、思案しつづけた結果です。わたくしたち、夫婦のように暮してきて、かれこれ十年もすぎています。それなのに、一人も子供に恵れません。わたくしが石女《うまずめ》なのでしょう」

椿が夫婦のようにというのは、二人は結ばれ方が尋常でなかったので、婚礼や披露をしていなかったからであった。

「このままでは、あたら観世の血筋が絶えてしまいます。これからあなたは正式に結婚して、若い健やかな奥さまを迎えて下さい」

「何もそこまで無理をしなくてもよい」

「いいえ、無理ではないのです。それに丁度ふさわしい人も見つかっています」

「何ということを」

「昨年から、わたくしに縫物や染め物を習いに来ているたみさんです」

その娘なら何度か見かけて口もきいている。金春家の縁つづきの娘だった。たしかに見るからに健康そうな明るい娘だった。その場は笑って相手にもならず聞き流した。ところが二ヵ月もしない間に、金春家の長老たちや、その妻女までが、すでに決った縁談のような態度で婚礼の日取りなど打合せたがっている。

こんなことなら外子《そとご》の一人や二人産ませておけばよかったくらいだ。事実、露骨に、そんな子供はいないのかと面と向って訊いた老人もいた。

「わたくしへのお気遣いなら御放念下さいませ。わたくしは、婚礼の支度や、段取りさえつけましたら、大和へかくれ、出家して観世の能の栄えを祈ってまいります」

「何という突拍子もないことを思いつくのだ。私は六十歳になれば、必ず出家する心づもりでいる。ただし、それまで命があればということだが。その時、そなたも生きておれば共に出家すればよい」

椿は正座したまま首を深々と垂れ、声もあげずに涙で膝を濡らしていた。

そんな一悶着《もんちゃく》があってから大方一年ばかりが過ぎた頃、弟の四郎のところに、男子が誕生した。赤子の癖に目鼻立の際立《きわだ》った聡明《そうめい》そうな子であった。家に帰り、四郎の子を養子に貰《もら》い受けたいと、椿に相談すると、椿は手を打たんばかりにして賛成した。

あの事件以後も、われわれの間には子の訪れる気配は皆無であった。すぐ引き返して、養子縁組の案を示すと、四郎は拍子抜けのするほどあっさり承諾した。

「この子が観世の血統を守り、将来観世大夫《だゆう》になるなら、この子にとっても結構な話だ」

温厚な四郎は、いつでも兄の私に一目置き、全面的に芸に心服し、頼りにしていた。この養子縁組によってわれわれ兄弟の仲が一層濃密に結ばれることを期待したのであろう。

こうして小さな甥《おい》は、観世家の嗣子となった。この子に三郎元重《もとしげ》の名を与えた。三郎名は亡父観阿弥の通称であり、私もそれを受けついだ。三郎元清である。三郎を名乗る者が、観世座の後継者となり、棟梁《とうりょう》となり、大夫の席に着くことを約束されていた。

父は口癖によく言っていた。

「家、々にあらず。継ぐを以《も》て家とす。人、々にあらず。知るを以て人とす」

と。元重を養嗣子にはしたものの、椿には乳が出ないので、三郎元重は、生家でそのまま生母の乳で養われていた。

世間では養子を貰うと、いわゆる競子《せらいご》が生れる例が少くない。そんな奇跡がまさかわれわれ夫婦にも起るなど想像したことがあろうか。ある日、芯《しん》から困惑しきった表情で、椿がはじめて妊《みごも》ったことを打ちあけた。喜びより先に、私にも困惑の想《おも》いがつきあげてきた。

「やっぱり、堕《おろ》してきましょうか」

言葉の出ない私に向って、うつろな視線で椿がつぶやく。

白拍子や遊女の子をほおずきの枝でかき堕す間引き産婆がいることを聞いてはいた。それで命を落す女たちの数も知れない。

「何を言う。これこそ神仏の授り子だ。産んでくれ。元重は貰い子だがすでにれっきとしたわが家の長男だ。今度生れるわれわれの子は、次男にすればいい」

はじめて声をあげて泣く椿の姿を見た。

三十五歳の初産という不安も杞憂《きゆう》に過ぎず、月満ちて生れたのは、三郎元重にも見劣りしない清々《すがすが》しい男の子であった。十郎元雅《もとまさ》と名付けた。私は三十七歳ではじめて父親になった。

椿は親になって、別の命が加ったように、むしろ目に見えて若返り生命力に輝いてきた。

従兄弟《いとこ》似という言葉があるが、日が経《た》つにつれ、二人の幼な子は実の兄弟のようによく似てきた。

一年過ぎると、椿はまた妊った。産道がついたのだと老人たちは当然のような顔をしていた。今度も男の子で、声は兄より力強く大きかった。この子を三男として元能《もとよし》と名づけた。

椿は子を産む度に若返るようで、体に肉もつき、声にはりが増した。そうしてまた子を産んだ。今度は女の子だった。

珍らしく椿が望んで千浪と名づけた。

小犬のようにもつれあい、じゃれあって遊んでいる三人の男の子の元気な声を聞きながら、亡父がいたらどんなに喜ぶだろうと思った。

「家、々にあらず。継ぐを以て家とす」

と言いつづけた父は、三人の男の子の誰に家を継ぐ才能がひそんでいると見るだろうか。まさか可愛《かわい》らしい養子の三郎元重が、わが家の運勢を傾ける凶々《まがまが》しい怨敵《おんてき》に育つなど、想像も出来なかった。

遠島の達しがあって、出発まで二ヵ月ばかりしかなかった。本来なら直ちに出発させられていただろうが、配流《はいる》の達しを受けた二月は、海の時化《しけ》る時期に当っていたから、五月の順風時まで、たまたま余裕が恵まれたのである。

その間、椿は私に泣顔を見せなかった。ただ顔色が日増に青ざめ、眉《まゆ》のあたりにかくしきれない愁《うれ》いの影が黒く澱《よど》んでいた。それでもつとめて瞳をあげて、きっぱりした表情で私を見つめていた。私の方がふと老妻の気の張りがいじらしくなり心がうるんでくる時があった。

罪無くして配処の月を見ることは、古来、聖人、詩人の運命だと、わが心に言い聞かせ、家族にも、それとなくその心情を伝え納得させせようとしたつもりであったが、どれほど伝っていることか。

椿がとみに針を持つことが多くなっていた。七十にもなる椿にとって、ほとんど忘れかけていたことだ。何かに憑《つ》かれたように縫いつづけているのを見ると、やせ細ったか細い肩を抱きよせてやりたくもなる。

いつからそういう仕草が夫婦の間に消えていたことだろう。私が六十、椿が五十八歳の時、共に大和の補巌寺《ふがんじ》で在家得度して至《し》翁善芳《おうぜんほう》、寿椿《じゅちん》と法名を頂き、沙弥《しゃみ》になって以来、ふたりの間では言葉にはせず、夫婦の営みはさわやかに断たれていた。嫋々《じょうじょう》とした躰《からだ》つきに似合わず芯の強い椿は、前にもまして寂《しず》かに朝夕の仏への勤めを怠らなかった。

椿のあげる観音経の声がいつもよりも高く疳《かん》ばしって聞える朝も稀《まれ》にはあった。その声の乱れが耳に入ると、私には椿の胸に堪えているものがあふれ、支えきれなくなっているとありありと感じとれる。それでも強いて気づかぬふりをして椿の心の波が静まるのを見守っていた。

縫いつづけているのは、島へ持参する私の衣類だと思っていたが、ある日、小さな赤子の産着《うぶぎ》がまざっていた。これはと問う私の視線をたしかめもせず、椿がふっと小さな笑いを洩《も》らした。

「禅竹さんのところに、ようやく赤ちゃんが訪れてくれるようです」

どちらを向いても息苦しく暗澹《あんたん》とした乱世の中に、無垢《むく》な若い女の胎内に生れてくる瑞々《みずみず》しい生命の輝きを想像しただけで、心が清められてくる。

願わくは元気な男の子であってほしい。亡父観阿弥の天才と、四十にもならず非業《ひごう》の死を遂げた元雅の鬼才の血とわが才能のすべてを、存分に受けついで生れてくるように。

椿がそっと指で目を拭《ぬぐ》っている。

あれ以来私に見せたはじめての涙であった。

今日死んでいく数えきれない命もあれば、今日生れてくる新しい命もある。そうして歴史は永遠に紡《つむ》がれつづけていく。自分ひとりの命など、無限につづく歴史の際限のない大きな織物の中のわずか一目に過ぎないのだ。

鬱屈《うっくつ》した心に久しぶりに日の光が差しこんだような想いで、筆を執りあげた。もし、再び京の地が踏めないで、佐渡で命が尽きれば、これが京での最後の作になるだろう。

その日以来、夜を日についで書きつづけた。

題ははじめから決っていた。「砧《きぬた》」と書く。手先の器用な椿は砧を打つのも巧みであった。普通、女たちは、単調で辛抱のいるこの仕事を面倒がるものだが、椿は楽しげにつとめていた。

「単調な仕事は無心になれますから」

といった。

新作能の「砧」は、「待つ女」を主題に据えた。待つ女は椿その人であった。

九州芦屋《あしや》の何某《なにがし》は、訴訟のため京に出て、三年も古里に帰っていない。古里芦屋の家には、妻が夫の帰りをひとり待ち暮している。便りもろくに寄こさない夫を恋い慕い、妻は愛執と閨怨《けいえん》の想いに悶《もだ》えている。

さすがに妻のことが気がかりになり、夫は思い立って、古里から同伴してきた侍女の夕霧を自分の代りとして芦屋まで見舞わせる。

妻は、召使いとはいえ、現在京で夫の性を慰めている夕霧に羨望《せんぼう》と嫉妬《しっと》のないまざった複雑な想いで対面する。

夫の心が変ったとしても、どうしてお前まで便りひとつくれなかったのかと責める。

夕霧は、主人は今年の暮には帰郷するという言葉を伝えるが、妻は半信半疑で聞く。

折しも里人の砧を打つ音が聞えてくる。妻はそれを聞いて、中国の昔、漢王の命で胡国《ここく》に攻め入り、捕えられた蘇武《そぶ》の妻が、高楼で夫を偲《しの》び砧を打ったら、遠い胡国の蘇武の耳にそれが聞えたという故事を思い出す。自分も憂悶をまぎらわそうと、夕霧と共に砧を打ち、夫恋しさの想いをなだめようとする。

しかし、この年の暮にも帰れないという夫の伝言が入り、やはり自分は見捨てられたのだと思いこみ、絶望から病床につき、やがて死んでしまう。

妻の死に夫は急遽《きゅうきょ》帰国して、残された砧を前に限りなく後悔し、梓巫女《あずさみこ》の弓で妻の亡霊を招く。亡霊は生前の淫執《いんしゅう》の罪で、地獄で責苦に遭っていることを告げ、夫の不実を恨むが、法華経の功徳《くどく》で成仏《じょうぶつ》する。

そうした構想がまとまると、久々で私の筆は弾んできた。

「それ鴛鴦《えんおう》の衾《ふすま》の下には、立ち去る思ひを悲しみ、比目《ひぼく》の枕《まくら》の上には、波の隔つる愁ひあり、ましてや疎《うと》き妹背《いもせ》の仲、同じ世をだに忍ぶ草、われは忘れぬ音を泣きて、袖《そで》にあまれる涙の雨の、晴れ間稀《まれ》なる心かな。

三年《みとせ》の秋の夢ならば、

憂《う》きもそのまま覚めもせで、

思ひ出は身に残り、

昔は変り跡もなし」

長い歳月、心ひとつに持ちこたえてきた椿の閨怨のたけが、私の筆に乗り移ってくる。思いもかけなかった老残の生別のあと、椿の肉体に、かつての激しい愛戯の思い出が、いつまで残るだろうか。

いつ、椿が茶を置いていったかも気付かず、私は書きつづけていた。

私の発《た》ったあとで、椿がこれを読むように。せめてもの置土産のつもりであった。

ふっと、海中の魚がはね、水しぶきをあげて、また素早く水中に消える。一瞬だが、魚の鱗《うろこ》に陽がさし、虹《にじ》色に光るのが目に残った。
この広い海の底に、無数に生きているものの命を想う。魚は哭《な》かない。貝も言葉がない。椿のように耐えているわけでもないだろう。
魚や貝には、愁いも喜びもあるまい。人間に生れたばかりに、死ぬ日まで苦悩や迷いの縁が切れない。
「舟は波まかせ
波は風まかせ
舟頭は竿《さお》まかせ
恋は主《ぬし》まかせよ
はあ、えいとろえい
えいとろえいとな」
舟歌を歌いながら漕《こ》いでいる船頭の弁蔵に声をかける。
「佐渡はまだ、どれほどの海路か」
「そりゃもう、まんだ、まんだ、はるばるの、船路よなあ」
弁蔵の、はるばるという言葉に、海と空の際《きわ》より、もっと限りもないはるかな波の涯《はて》が想いやられる。

二

船旅の単調な日々が続くにつれ、七十二年という長い歳月生きてきた自分の軌跡を振り返り、なぞることだけが日課になっていた。

考えてみれば、その時々に予想もせず襲い来たり、あるいは振りかかってくる思いもかけぬ現象に右往左往して、その場を切り抜けることだけが精一杯の、心にいささかのゆとりもない歳月であったと、今にしてつくづく思い知る。

人に羨《うらや》まれ、嫉《ねた》まれるほどの幸運に彩《いろど》られていたのは、長い生涯のうちで、ほんの昼寝の夢ほどの短いものであった。

大樹さまの寵《ちょう》をほしいままにしていたあの藤若と呼ばれていためくるめく日々も、盧生《ろせい》の邯鄲《かんたん》の夢に等しいはかないものであった。

若いあの頃の自分を、世間は天才と呼び、鬼才と持て囃《はや》したてた。愚かにもある頃は、自分でも尋常ではない才を恵まれてこの世に送り出されてきた者かと、秘《ひそ》かに自惚《うぬぼ》れたこともあった。何という愚かなことよ、愚かなことよ。あの栄光の日々の自分はすべて父観阿弥の壮大な夢の産んだ幻影に過ぎなかったのだ。

花の都で、今を時めき天下に君臨する将軍や、雲居におわします尊い帝《みかど》や、仰ぎみるまばゆい貴顕たちに、卑賤《ひせん》と蔑《さげす》まれてきた中楽《さるがく》の芸で、有無を言わせぬ感動を与えてみせたいというのが、大和のしがない中楽一座の大夫《たゆう》にすぎない父観阿弥の夢であった。

その夢の実現のため、父は生れてきたわが子に物心つくかつかないうちに、自分の理想の芸人にしようと、厳しい稽古《けいこ》を叩《たた》きこんだ。

稚《おさな》い私は常住坐臥《ざが》、起居動作のすべてを、稽古の一部として仕込まれながら、それが自分の、いや人間の生きる当然の術《すべ》なのだと思いこまされてきた。父はそうした間にも、ことあるごとに、

「よいか、鬼夜叉、そなたはそこらにうじゃうじゃ居る並の子供とは別格なのだぞ、さきざきでは、必ず、天下に名をとどろかす中楽能の名人になる星のもとに生れてきた者ぞ。そなたの母が、そなたを妊《みごも》った時のことだ。母はある日から三日間、突如と

して、神隠しにあった。およそ家を離れたことのないおとなしい女の失踪《しっそう》に、わしはどれほどあわてふためいたものか、狂ったように夜昼探し廻った。その間、他の人にはそれを隠し通し、わしひとりで探したのだ。いや、男の見栄《みえ》などからではない。何かこの事件に神秘な謎《なぞ》が秘められているように思いこんでしまったからだ。

すべての捜索が徒労に終った時、寝食もそこのけに走り廻っていたあげくの疲労と絶望感で、死んだようにわが家で眠りつづけていた。ふと、目が覚めたら、枕元《まくらもと》にお前の母がひっそりと坐《すわ》っていたのだ。ついぞ見たこともないようなおだやかなやさしい微笑を浮べてな、そうよ、あの微笑は、ふんわりした光のように見えたものよ。一体これは何事かと問えば、自分でも覚えがない。気が体から抜けたようになって、家を出た覚えもない。気がついたら、深い山の中にいた。大きな桜の満開の木の下に眠っていた。目が覚めたら、神々《こうごう》しい観音さまのようなお方があらわれて、お腹《なか》の子を大切に育てよ、只者《ただもの》と思うなとおっしゃった。それからまた気を失い、今度気がついたら、ここに坐っていたという。疑うまいぞ。そなたの生れる前、わしは秘かに初瀬《はっせ》の長谷寺《はせでら》の観世音に願掛けしてお願いしていたのだ」

「それは何と」

「男の子をお授け下さい。能の天才を恵み給《たま》えとな……そして、そなたが授った。いいか、そなたは仏の申し子だ。尊い命だ。わが身を粗末にしてはならぬぞ」
幾度繰り返し聞かされたか知れぬ父のその話は、反覆される度、錐《きり》を揉《も》み込むように私の脳の中に深く沈め込まれていった。たしかに漆のような闇《やみ》の中に螺鈿《らでん》を鏤《ちりば》めたような満開の桜を見上げた杳《とお》い記憶があるような気がしてきた。やがていつからとはなく、私は完璧《かんぺき》に父の物語の暗示にかかってしまっていた。

その夢のような漠とした自信が確かなものとして信じられてきたのは、今熊野での大樹さまとの奇跡の邂逅《かいこう》からであった。つづいて訪れた准后《じゅごう》さまとの運命的な出逢《であ》い。准后さまはまた、父に劣らず、お前こそは天性の天才だと、愛戯を尽す閨《ねや》の中で、私の耳に吹きこみつづけて下さった。お前はこよなく美しい、いとしいと囁《ささや》かれる時より、お前こそは天才だと煽《あお》られる時の方が、私は興奮し、軀《からだ》も神経も焙《あぶ》られ昂《たか》ぶっていく。その昂ぶりが私の官能の慎しみを破り、限りなく淫《みだ》らがましく放恣《ほうし》になるのを、准后さまは心得て計っていられた。

父の厳しい稽古に泣き事も云わず耐えられたのは、仕込まれる芸の果てに、その道の名人という天下の賞讃《しょうさん》が約束されていると信じられたからであった。

今にして思えば神かくしにあったという母の行動も、長谷寺の観音さまの申し子という話も、父の創作だとしか思えない。

父はまた現実には寺社に奉仕する卑賤な芸能一座のしがない一員に過ぎないわれわれの身分に、卑下を感じさせないように、われらの祖先は秦河勝《はだのこうかつ》だと言い出した。河勝は推古天皇の時代に、聖徳太子から命じられて、天下安全のために、かつは、万民快楽《けらく》のために、六十六曲の物まね芸を演じたと伝えられている。それを中楽と名づけられて以来、花鳥風月にことよせたこの遊芸を、河勝の子孫であるわれらの祖先が代々受けつぎつづけ、研鑽《けんさん》を積んできたと、父は言う。

「その者たちが、春日《かすが》神社と日吉《ひよし》神社の神職になり、両社の祭祀《さいし》の行事をつとめるようになったのだ。そういう次第だから、自分の素性を卑《いや》しんではならぬ、誇りを持て」

と、父はつとめてその話をしたがった。

秦といえば渡来人の姓だと思っていた私は、自分の血に渡来人の血が流れていると思うと、なぜか心が豊かになった。書物や話でしか知らない高麗《こうらい》や新羅《しらぎ》、その彼方《かなた》の更に広大な大陸への夢が拡《ひろ》がっていくようで、心が晴れ晴れするのであった。偽装めいた家系の光輝よりも、見果てぬ大陸への夢の方に心が疼《うず》いた。

秦河勝の話で稚い私の心を最も捕えたのは、河勝の童話じみた誕生譚《たん》であった。欽明《きんめい》天皇の御代《みよ》に大和の国泊瀬《はつせ》の河に洪水の氾濫《はんらん》があった時、河上よりひとつの壺《つぼ》が流れてきた。三輪の杉の鳥居のほとりで、たまたま通りかかった殿上人がこの壺を拾いあげた。中には嬰児《みどりご》が入っていた。それは清らかな、美しい子であった。殿上人は、これは天から降ってきた嬰児だからと、内裏の帝に奏聞《そうもん》した。

その夜、帝の御夢に嬰児があらわれて、

「私は、大国秦《しん》の始皇帝の生れ変りである。この日本に深い前世の因縁があり、今ここに来た」

という。帝は不思議なことだとお思いになり、宮中でその子をお育てになった。子供は成人するにつれて、才智《さいち》が人よりぬきんでていることを示してきた。十五になった時大臣の位に上り、秦の姓を帝から下賜《かし》された。秦河勝というのはこの人物である。

父が話してくれる御伽噺《おとぎばなし》めいたこのあり得ない話が面白くて、私は何度となく父にねだってくりかえし話してもらった。

はじめて聞いた時から、私はその話を信じていたわけではなかった。その話があり得ないと思うから面白いので、そうした造り話をいかにも本当らしく話してくれる父の話術こそがより面白かったのであった。こうした異形《いぎょう》の降人《ふりびと》は化身《けしん》として、いずれこの世から姿を消すというのが定例だった。

秦河勝も例外ではなかった。最後はうつほ舟に乗って、摂津国難波《なにわ》の浦から、風にまかせて西海に漂い出る。うつほ舟とは丸太をくりぬいただけの舟で櫂《かい》もない。波まかせにただ、漂流していくばかりだ。行方も定めず流されるうちに、舟は播磨《はりま》国の坂越《しゃくし》の浦に吹き寄せられてしまった。摂津と播磨は隣国だから、漂流した時間は短かったということになる。

漁師がうつほ舟を見つけて舟を上げて見る。舟には外から蓋《ふた》がされていた。蓋を開けた漁師はのけぞって声をあげる。中に入っていたのは顔かたちが、到底人間とも見えぬ不気味な異形の化者だった。その者は生きていた。

その後、その化身は人々に憑《つ》き、様々な不思議な験《しるし》をあらわした。人々はそれを恐れ忌《い》み、崇《あが》めて大荒大明神と名づけて神として祀《まつ》ってしまう。

今でもそれは霊験《れいげん》あらたかな神々しい威力を発揮しているとか。

そんな信じ難い非現実的な話も、父観阿弥の絶妙の語り口で聞くと、子供心にも中楽の舞台を見ているような感興に引き込まれて、心がときめいてくるのだった。

長じてからは文献をあさって、父の話の実証を得ようとつとめた。

『日本書紀』欽明天皇の条に、秦氏を名乗る戸数は七千五十三戸もあったと記されている。この戸籍調べの際に大蔵掾《おおくらのじょう》を秦伴造《とものみやつこ》としたとある。この大蔵掾が秦氏の系図によると河勝の祖父に当る秦大津父《おおつち》という人物だという。また、天皇が夢に秦大津父なる者を用いるよう告げられ、それを深草の里に探し得て近侍せしめ寵遇されたという話もある。河勝伝説にやや似ていないともいえない。ただし、河勝が六十六番の物まねを演じたなどという話はどこにもない。七千五十三戸もあった秦氏のどれかの末裔《まつえい》であったと名乗っても不自然ではないかもしれない。私はあえて何かの折々には秦元清と署名することにしていた。そうすることを父が喜んだからでもあった。また『風姿花伝』の序にも、申楽の祖を秦河勝とし、聖徳太子に命じられて六十六曲の物まね芸を演じたのを申楽の始めと書いている。

　この書は、同族の子弟のために書き遺《のこ》す芸能指導書だから、まず彼らに自分たちの出自に卑下を持たせないためである。秦元清と署名する時と似たような忸怩《じくじ》たる心の翳《かげ》りが、この序文を書く時も素早く弱々しく私の胸をよぎっていった。

「父上、これでよろしいのですね」

　ふと、気弱になって、亡父に呼びかけていた。

「それでよいのだ、世阿《ぜあ》、迷うな。わし等の描いた物まねの虚構という舞台こそが、案外真実の人世で、手本としてまねた現実の人世の方が夢幻《ゆめまぼろし》なのかもしれぬ。迷うな世阿。聖徳太子も仰《おお》せられている。世間虚仮《こけ》とな」

ありし日のように力強い張りのある父の声であった。父の生前は巡業に暇なく、そのあわただしい時間の中で、旧《ふる》い能本の書き直しや、新作を創《つく》るのに逐《お》われて、芸論の本を書く余裕がなかった。父の死から茫々《ぼうぼう》五十年の月日が過ぎ去っている。その間に書きに書いた芸論は、大方二十部に及び、創作した能本は百を越え、伝っていた旧作を改作したものは数が知れない。

「そなたには書くという才能がある。それ以上の武器があるものか」

父にそそのかされ、おだてあげられた言葉だけを頼りに遮二無二《しやにむに》書いてきた。

それらの能本が、今、男時《おどき》の波に乗っている能役者たちに次々演じられている。観客はその作者が誰であるかなど考えもせず、舞台の面白さに魂を奪われ、演じている能役者に、喝采《かっさい》を送る。それでいいのだろう。私の死後も或《あ》いは、自作の能が演じつづけられるかもしれないではないか。

命には終りあり。

能には果てあるべからず。

と、『花鏡《かきよう》』に書いた。あれは能の稽古には終りというものがないと書いたのだ。しかし今、文字通りに能には、としたら、どうであろうか。自作の能には果てあるべからずと言い切れたなら、どれほど痛快か。いや、ついに世阿弥も老耄《ろうもう》しきったと嘲《ちょう》笑《しょう》されるだけか。

父上、あのふたりで共有しためくるめく栄光の日々ははたして幻だったのでしょうか。すべての私の暗い運命は、突然の父上の急死から始まっています。父上が五十二歳、私が二十二歳、ああ二人とも何という若さだったことか。

忘れもしない。あれは至徳元年、五月四日のことであった。

われわれ一座は駿河《するが》に巡業して、浅間《せんげん》神社の御堂前で勧進能を興行していた。見物は満員の入りだった。

この日の演目は浅間神社の希望もあって、まず「翁《おきな》」から始まることになっていた。

観阿弥の「翁」は至芸と讃えられ、当節右に出る者はないといわれていた。

私は『風姿花伝』の中で「年来稽古条々」と題して年齢別に稽古の方法をできるだけ具体的に教えている。七歳から始って、十二三歳より十七八とすすみ、二十四五、三十四五、四十四五と進み、五十有余で終っている。

この中で、私は言っている。

「能は三十四五が盛りの極みでこの時までに声望も得ないシテは能を極めたとは言えない、能の腕が上るのは三十四五までで、あとは腕が下るばかりである。

四十四五からは、芸風は一変すべきだろう。かつては天下に認められた名手といえども、それなら尚更《なおさら》、自分はひかえめにして、よい相手役を求めるべきである。芸そのものは落ちていなくても、この年になれば、体力はおとろえ老いに向うから、見た目の美しさは失われる。優れた美男ならともかく、かなりな役者でも、直面《ひためん》の素顔の能はもはや見苦しい。それで直面の能はやめた方がいい。また手のこんだ物まねもしない方がよい。大体において年頃に似合った風体の能を楽々と、骨を折らずさらりとして、相手役に花を持たせ、自分はあしらう程度に演じるのがよい。どんなにがんばっても、もう見た目の美は失われているのだから。それでもまだ美しく見えるなら、それこそ「まことの花」を持った役者ということである。

もし五十近くまでまだ花が失《う》せない者は、四十以前に天下の名人として認められていた筈《はず》である。たとえ天下に名をはせた名人でも、それほど上手なら、なおさら自分の身の程をわきまえているから、ますます表立たず、自分を守って、無理な苦労をしてまで難の見える能はしないものである。このようにわが身をよく認識するということが、真の名人の心境というべきであろう」

これを書きながら真の名人とは父観阿弥のような人物だと思いつづけていた。

そして「五十有余」の条では、「この年ごろからは、およそ、『何もしない』ということ以外に手だてもあるまい。『麒麟《きりん》も老いては駑馬《どば》に劣る』という諺《ことわざ》もある。しかしながら、五十すぎてもほんとうに能の技術を極めた者なら、何もかも失って、およそ長所も見どころも少くなった時でも、なおいくらかの花だけは残るにちがいない」と書いたものだ。これは当時の観阿弥の状態をそのまま書いたつもりであった。

さて浅間神社での興行の日のことだが、この日、父はいつものように表情も態度も全く自然態で、ゆったりとしていた。往年の美丈夫には、さすがにあふれるような精力的な気迫は薄らぎ、筋肉が柔かくなった分、昔にはなかった柔和さが体全体から滲《にじ》み出していた。昔は、そばにより添うだけで、父の全身から発散する活力を自然に貰《もら》うような感じだったが、今はかわりに、あたたかな光に包まれるような感じがする。それは仏から受ける慈悲のようなぬくもりであった。

舞台に上っても淡々として、何の構えたところもないすがすがしい動きである。

当日、小鼓《こつづみ》による囃子《はやし》が始まると、舞台の真中に立っていた直面《ひためん》の翁が謡《うた》い出す。五十二歳の観阿弥は、まだ堂々とした顔立が充分に美しく魅力的であった。

翁〽とうとうたらりたらりら。
　たらりあがりららりとう。
地謡〽ちりやたらりたらりら。
　たらりあがりららりとう。
翁〽所千代までおはしませ。
地謡〽われらも千秋さぶらはう。
翁〽鶴《つる》と亀《かめ》との齢《よわい》にて、
地謡〽幸ひ心にまかせたり。
翁〽とうとうたらりたらりら。

何気なく同じ舞台で聞いていた私は、父の謡う声の第一声から、何かぞっと水を浴びたような冷気に襲われた。それは父の声が人間の声ではなく、天外の者の声のように聞えたからであった。これが天人の声か、いやこれこそ浅間神社の御本体の神の声ではないだろうか。父はいつものように平静な表情で、体もゆったりと、森の樹《き》が森の中ですっと立っているような静かさを滲ませていた。息をつめ目《ま》ばたきもせず自分ひとりに向けられている観客たちの姿も、まるで眼中にないかのように見えた。
父の声から体から滲みだす光のような和気が、客席に放射され、観客たちを快く包み込んでいる。

「申楽《さるがく》は、人に寿福を与えるものなのだ。快楽と幸せのあるところに和が生れる。人に幸せを与え和を招くとは、何という結構な仕事ではないか」

父がよく私に言い聞かせていた言葉が脳裡《のうり》によみがえっていく。今日の父の神韻《しんいん》縹渺《ひょうびょう》とした至芸こそ、老木《おいき》に咲き残る花というものであろう。

千歳《せんざい》の役の私の番が来ていた。父の芸の迫真さに撃たれて、私の体にもかつてない活力が泉み湧《わ》いていた。

私は両袖《りょうそで》を拡《ひろ》げ巻きあげ、舞台の中央に出て舞いはじめていた。

千歳〽鳴るは滝の水
　鳴るは滝の水
　日は照るとも
地謡〽絶えずとうたり
　ありう　とうとうとう

千歳を舞いつつ、いつか私は舞に舞われている自分を無心に舞台の宙から見下している「眼」になりきっていた。父の言う「離見《りけん》の見《けん》」の域だった。

まさかその直後、突如として父が倒れるなど、夢にも思いがけなかった。

舞台から下ったとたん、父がどうと倒れた。私はまだ異変に気づかず、自分の衣裳《いしょう》の着換を急いでいた。

弟子の一人が血相を変えて、父の急変を知らせに来た。

父は倒れた位置でそのまま、人々に見護《みまも》られていた。こういう時、うかつに動かしてはいけないと誰かが叫ぶ。いや、一刻も早く宿へ移さないと次の幕があけられないと、あわてた声があがる。

客席にいた泥鰌髭《どじょうひげ》の医師《くすし》を誰かが見つけてつれてきた。

「中風ですな」

医師に言われるまでもなく、みんながそう思っていた。高い鼾《いびき》をかきだした父は、まだ生きていた。当座しのぎのような薬の名をあげ、自分の家に取りにくるようにと、父の弟子を一人つれて医師は帰っていった。

父ならこういう時、どうするだろうという思いだけで、私は座の者たちに次々指令を発していた。さり気なく予定通りに舞台をつづけること。父の体は戸板で宿に運ぶこと。幸い見物衆は異変に気づかないまま、最後の幕まで堪能《たんのう》してくれた。

父はその後十五日生きていた。

一度うす目をあけたので、何か言うことがあるのかと、顔を近づけたが、すぐ瞼《まぶた》は閉ざされた。

五月十九日、一言の遺言もなく父は永眠した。

最期《さいご》の十五日間、私は父の傍にほとんど帯紐《おびひも》解かず寝ずの看病をした。

その間にも、父の最期になった舞台の評判が続々と伝えられてくる。

「あんな華やかな舞台は見たこともない」

「自然で、神々《こうごう》しくて、この上なくのびやかな芸であった」

「やっぱり、名人は自分の最期の舞台ということは予知出来るものだろうか」

それらの評は、人から伝えられるまでもなく、私の衷心から湧いてくる感想でもあった。

「能は、枝葉《えだは》も少なく、老木になるまで、花は散らで残りしなり」

ということを、まさに、目《ま》の当りに見せてくれたことであった。

父の傍で十五日間、これほどひたと身近く、これほど二人だけの時間をかって共有したことがあっただろうか。そう思うと、この旅先での急変事が、私には有難くさえ感じられてきた。

「父上、このあと、私が一座を背負って、やっていけるのでしょうか」

私の不安を打消すように、父の力強い声がはっきりと聞えてくる。

「よいか世阿、自分に自信を持つことだ。わしの役はもう終った。この先一座を率いることは、想像を絶した困難が具《とも》なうだろう。しかし、お前ならやれる。やり通すのだ。わしと二人で培《つちか》ってきた申楽という卑近な芸を、高尚な貴人にも受けいれられる高級な能に練り上げていかねばならぬ。わしの身につけた芸のすべては残りなくお前に伝えてある。迷わず往《ゆ》け。魂魄《こんぱく》になっても、わしは世阿を見守っているぞ」

それは、すでに私の体内に棲《す》み始めた父の声のように、私の肚《はら》の底から聞えてくるのであった。

「人気は移り気だ。万人に認められる人気の絶頂期などは、ほんの瞬《また》く間だと覚悟しておいた方がよい。しかし勝負は死ぬまで続く。いや、死んでからも勝負だ。誰の芸が後世まで語り継がれるかは神のみぞ識《し》るだ」

「でも、私どもの舞台の芸は、その時だけのもので、次の代の者たちは、噂《うわさ》に伝え聞くだけにすぎません。何の実証も芸は残しません。考えてみればこんな儚《はかな》いものがあるでしょうか」

「儚いから貴いのだ。儚なさから言えば、人の命ほど儚いものがあろうか。人はどこから来て、どこへ行くのかも知らぬ。幾年この世に止《とど》っていられるか、誰も本人には解《わか》っていない。自分で出自を選ぶことも、親を決めることも出来ない。明日の運命さえ知ることは出来ぬ。確かなことは、何物か、人外《じんがい》の大いなるものの意志によって、この世に送り出され、それもまた自分の意志ではなく、この世に生かされているに過ぎぬ。平凡な人生をたどろうが、善きにつけ、悪《あ》しきにつけ、非凡な世渡りをしようが、すべては持って生れた己が運命に依《よ》る。男時の栄えに驕《おご》らず、女時《めどき》の非運にくじけることなく、己が本分を切に尽すことだけだ」

私はまだ死んではいない父のぬくもりのある掌に自分の掌を重ね、肚の底から聞えつづける父の声を一語も聞き洩《もら》すまいとしていた。

あの時、父の命はすべて私に注ぎ尽されたのだと思う。

そうでなくて、二十二歳の若輩の私が、とにもかくにも観世の一座の者たちを路頭に迷わすことなく、棟梁《とうりょう》の座を守りつづけられたであろうか。

京に帰った時、大樹さまも、准后《じゅごう》さまも、心から傷心の私をいたわり、お慰め下さった。

大樹さまは、私に仰せられた。

「まさに神技に達していたと噂に高い観阿弥の最期の舞台が見られなかったのは、返す返す残念であったな。世阿よ、覚えているか、そなたをわが傍らに引きつけ、夜昼となくいとしがっていた頃のことであった。観阿弥自作自演の『自然居士《じねんこじ》』の舞台を、まばたきもせず観守《みまも》っているそなたに、傍から私の言ったことばを」

「忘れも致しませぬ。大樹さまは、私に向って、『児《ちご》は小股《こまた》を掬《か》かうと思ふとも、ここはかなふまじき』と仰せになられました。観阿弥の足さばき一つも盗むことは出来まいと。全くその通りで、返す言葉もございませんでした」

そうお答えしながら、不覚にも父の死後、はじめて人前で涙が溢《あふ》れてきそうになり困惑した。

私は小柄な母親に似たものか、生来背丈が短小だが、父は男の中でも偉丈夫という語がふさわしかった。そのたくましい大男が、自然居士などでは、黒髪の鬘《かずら》を着け、説教の座に直り、「それ一代の教法は……」と述べていくと、その様子は稚《おさな》い少年説教師に見えた。また女役に成りきると、嫋々《じょうじょう》とした風情《ふぜい》が身に備り細々と見え、可憐《かれん》にも、妖艶《ようえん》にもたちまち変身して見せた。

背丈が低く、軀《からだ》つきも虚弱な上、美童と謳《うた》われていた私が、女の役を仕こなすのは容易で、当然であった。それに私は性来脚が丈夫なせいで、足さばきが素早かった。それも舞台では長所とならず短所であった。舞台栄《ばえ》のしない肉体的条件のみならず、何から何まで父に劣っているという自覚が早くからあった。それは父への限りない讃《さん》嘆《たん》と憧憬《どうけい》でもあったが、同じ芸人どうしとしては、何とも口惜しい敵手であった。ぬぐえない劣等感と、歯ぎしりしたい競争心こそ身の程知らずのものと解っていながら、どうしても押えきれない感情であった。

父は田楽《でんがく》の一忠《いっちゅう》を「我が風体の師也《なり》」と繰り返しほめていたが、私自身は一忠とは逢《あ》ったことさえなかった。田楽新座には喜阿弥《きあみ》がいたが、この者については十二歳の時、南都の法雲院でその芸を観ている。喜阿弥の謡いぶりは、構えるところもなく素直に、技巧もこらさずすらすらと謡ったのが、子供の耳にも鮮やかに残って、今も忘れることが出来なかった。

また田楽の増阿弥《ぞうあみ》の芸も、尺八一手吹き鳴らして、かくかくと謡い、取りたてた技巧も見せず、さらりと演じるのが、実に味わい深く、冷えに冷えて見えたものであった。それらこそ幽玄と呼ぶにふさわしかった。

幽玄といえば、近江申楽の犬王が何とも言えぬ風体を具《そな》えていて、天女などを演じてもさらりささと、飛鳥が風にしたがうように軽々と自然に舞って見事なものであった。口で言い表し難い艶な色気がただよっていた。

父はこれらの人々の芸を高く評価していて、手強《てごわ》い好敵手とみなしていた。しかし、彼等の誰よりも父観阿弥の素質は秀《すぐ》れていた。父は絶えず好敵手の得意の芸を見逃さず、手ぎわよく盗んだ上、大和中楽の質の向上のため、どれほどの工夫と努力を重ねていたか、それを常に目の当りに見てきた私の目には、これらの名人たちの誰にも増して、観阿弥こそ抜きん出た名手としか映らなかった。

父観阿弥は、それまでの中楽能の音曲が、旋律の面白さに重きを置いたのに、新しく白拍子《しらびょうし》の芸とされていた曲舞《くせまい》の音曲を取り入れた。曲舞の一派の賀歌女《かがじょ》の乙鶴《おとづる》を師として学び、従来の中楽能の音曲に拍子の面白さを取り添えて、いやが上にも世にもてはやされている。どういう音曲にしろ、新味を加えてし替える父の技は神業であった。こうした音楽的な素質や感性に優れている点でも、父は当代のどの敵手にも劣らなかった。

当然、この点でも私は父に全く頭が上らなかった。

「自然居士」「卒都婆小町《そとばこまち》」「松風」「江口」「吉野静《よしのしずか》」などの作能にも非凡な才を発揮している。芸風は幽玄無上といってよく、上流、中流の別なく、客を楽しませたが、さして芸の上下も解しない下層の客にも、あえて解り易《やす》く卑俗な芸風にして充分楽しませることが出来た。

中楽は万民に快楽を与える芸だという信条を、観阿弥は死ぬ瞬間まで守り通したのであった。

『風姿花伝』の「奥義《おうぎ》に云《い》はく」の件《くだ》りに、私も書き遺《のこ》している。

「秘義に云はく。そもそも芸能とは、諸人の心を和らげて、上下の感をなさん事、寿福増長の基《もとい》、遐齢延年《かれいえんねん》の方《ほう》なるべし。極め極めては、諸道ことごとく寿福延長ならんとなり。ことさら、この芸、位を極めて、家名を残す事、これ天下の許されなり。これ寿福増長なり」

と。とはいっても、工夫がある。能力も智力《ちりょく》も秀れている上流の人々の観賞を受ける役者が、芸も風格も申し分ない場合は問題はない。しかし大体において無知な大衆や、遠国や田舎の卑《いや》しい庶民の眼には、こうした高級な芸風は理解し難い。こういう場合、何とすべきか。

能という芸は、一般大衆に愛され支持されることを基礎として座が成り立っている。それでこそ座にとっては喜ばしいことになる。あまりに高踏的な芸風ばかり研究していっては、一般大衆の人気を受けることは出来ない。能を演ずる立場としては、つねに初心の頃の新鮮な気分を忘れないようにして、時節にふさわしい場所柄を心得て、観賞眼の低い観客の眼にも、「なるほどな」と納得出来るような能を演じること。そうなってこそ、どちらにとっても寿福がもたらされるということになる。

よくよくこの世間のあり方を見ると、貴顕の屋敷や山寺、田舎や遠国、方々の神社の祭礼の催能に至るまで、およそどのような場所の公演でも悪評を受けない役者があれば、その者こそ、観客に寿福を与えることの出来る芸の達人というべきであろう。どれほど舞台で名人上手の芸を見せようが、見物の多くがその芸に感動し幸福感を与えられないような場合は、寿福増長の名人の役者とはいえないのである。

そこで思い出すが、亡父観阿弥は、いつの場合も、どのような片田舎、辺鄙《へんぴ》な山里に於《お》いても、その土地の人々の好みや傾向をあらかじめ十分に調べ、理解した上で、その場の観客の好みに合せた芸風を見せることを、最も大切なことと心がけて演じていた。

このように常に見物席の大衆の観賞力を重視したのを見逃してはならない。これもわが一座は旅興行が主な仕事であり、各地を巡業した中から、父が自然に身につけた演劇理念であっただろう。しかもその旅興行の出先で、急死したというのも、最も父らしい本望の死方であったのかもしれない。

父を最高の指導者として心から仰ぎ、その芸に追いつこうとして、いや、いつかはその芸の上に立つ日を夢みつづけてきた私にとって、突如として父を奪われたこれからの暗澹《あんたん》とした前途を思うと、漕手《こぎて》を失った舟のように心細い限りであった。

准后さまは、私の失意を充分推察された上で、私の前途の指針になるような励ましのお言葉をかけて下さった。

「世阿よ。自分の技量にもっと強い自信を持て。観阿弥の才能の偉大さが、時にそなたの芸を萎縮《いしゆく》させていた面があったかも知れぬ。

今は、その重しが取り払われたのだ。これからは、観阿弥の魂魄がその身に憑《つ》き添うて、これまでより更に自在な動きを見せるだろう。まず、書き始めている芸論を書きつづけることだ。それと相俟《あいま》って、観阿弥に対抗するくらいの気概を以《も》って、新しい台本の創作に挑むことだ」

「父は日頃、作能の才だけはお前には敵《かな》わぬなどおだててもくれましたが、どうしてどうして、父の作った能には、まだ私の技量は及びませぬ」

「例えばだな、観阿弥の得意にしていた『自然居士』の向うを張って、同じ人物を設定して、父とは全く違う効果を狙《ねら》うことは出来ないか」

「とてもそんな大それた野心は持てそうにありません」

と答えたその場から、心にもやっと浮び出す気配があった。父の言い遺した技芸論をことごとくわが家系の者に書き遺すことも急がねばならぬと思う心の底から、「自然居士」で主役となる若い喝食僧《かつしきそう》の姿がぼんやり浮び上っていた。喝食とは説経僧のことである。

「自然居士」は父の自作の中でも本人が気に入っていた作で、観客の受けも好《よ》かった。

自然居士という若い説教僧が説教を始めている所へ、一人の小娘があらわれ、小袖《こそで》に文を添えて捧《ささ》げる。居士がその文をひらくと、

「み仏に供養《くよう》のため、大勢の僧たちへのお布施《ふせ》のため、この一包みをさしあげます。これで亡《な》き両親の供養をお願いします。この小袖は私が身を売って得たものです。貧しいために身を売らなければ布施の品が得られないような、苦しい憂《う》き世を早く出て、父母のいる浄土で、両親と同じ蓮《はす》の台《うてな》に坐《すわ》りたいものです」

とある。読む自然居士も聞いていた聴聞者《ちようもんしや》たちも、小娘の純情と捨身《しやしん》の信念に感動し、感涙にむせんだ。

そこへ荒々しい人買いの二人連が乗りこんできて、小娘を引っ立てて連れ去ってしまう。

自然居士はさらわれた小娘を取り返してやろうと、人買いたちを追って行く。大津の湖畔でようやく追いついたが、すでに人買い一行を乗せた船は岸を離れていた。

自然居士は、大声で船に呼びかける。

「のうのう、その舟に物申そう」

舟からは、

「この舟はそこらの渡し舟などではないのに、どうして招き戻そうとするのか」

「私も旅人ではないので舟を追いかけなくてもいいのだが、仏法の法《のり》の舟の縁で、僧の私の言うことを聞いてほしい」

「いったい、この舟を何《なに》舟と思って、そんなことを言うのか」

「その人買い舟に声をかけているのだ」

その大声に、人買いたちは外聞が悪いので、

「ああ、声が高い」

とあわてるのを尻目《しりめ》に、居士は自分の説法の場を荒らされた恨みを言いに来たという。

「買ったものを取り返したこちらは何も悪事はしていないぞ」

小袖を返せばいいのだろうと、自然居士はかかえてきた小袖をさし出し、衣の裾《すそ》を波に濡《ぬ》らしつつ、湖に入って船端《ふなばた》に取りついて云いつのる。人買いたちは腹を立てるが、法衣に恐れて打ちかかることも出来ず、腹いせに小娘を散々に打ち据える。小娘

は打たれても声も立てないので死んだのかと思うと、人買いが娘を引き立て、舟に乗りこんでしまった居士に見せる。小娘は体を縄でしばられ、口にさるぐつわをはめられ、泣声も聞えないように折檻《せっかん》されていたのだ。

「おうおう可哀《かわい》そうに、拙僧が連れて帰ってやるから安心するがいい」

自然居士に人買いたちは、早く船から下りてくれと迫る。居士は、小袖を返したのだから、娘を渡せば帰るという。人買いたちは、そうしたいが人買いには厳しい掟《おきて》があって、一たん買いとったものは、ふたたび返さないと決められている。それをどうしてくれるという。自然居士はすかさず、

花「そういうことなら、こちらにも厳しい仏の大法がある。このようにわが身を捨てて仏に帰依《きえ》する者を助けなければ、再び寺へは戻れないという誓いである。この上は娘と共に奥陸奥《むつ》の国へつれて行かれても、船からは絶対下りない」

と、船中にどっかと坐りこんで動かない。

「船より下りないなら打ちのめしてくれよう」

「おう、打ちのめされるとは、それこそ捨身の行《ぎょう》。願ってもない」

「命を取るぞ」

秘「命を取られても、断じて下りるものか」

人買いたちは持て余し額を集めて相談する。奥州から人買いに来て、娘を買い損ねて自然居士という説教者をつれて帰ったなどいいふらされては一大事なので、娘を返すしかないということになったが、そのまま返すのも業腹《ごうはら》なので、この上は居士を肴《さかな》にしてからかってやろうと、舞を所望する。舞えぬ、舞えと問答の後、居士はいよいよ烏帽子《えぼし》をつけ舞いはじめる。ささらをすらされたり、羯鼓《かっこ》を打たされたり、鼓《つづみ》を打たされたりして自然居士は舞いつづける。見物にとってはまさに寿福増長の愉《たの》しみを味わされる場面である。

「もとより鼓は、波の音、
寄せては岸を、どうどは打ち、
雨雲《あまぐも》迷ふ、鳴る神の、
とどろとどろと、鳴るときは、
降りくる雨は、はらはらはらと、
小笹《おざさ》の竹の、簓《ささら》を摩《す》り、
池の凍《こおり》の、とうとうと、
鼓をまた打ち、簓をなほ摩り、
狂言ながらも、法《のり》の道、

今は菩提《ぼだい》の、岸に寄せ来る」

面白く舞いながら、船の内からえいやっとばかり、娘と打ちつれて、都へ帰って行く。

大団円の終り方であった。

狂言綺語《きご》によって人を救うというこの能は、劇的要素も強く、筋もめりはりがあり、舞台効果も派手で見物を飽きさせない。

四十五、六の観阿弥が、舞台では十六、七にしか見えない見事な化けっぷりも、見物には寿福増長の喜びになった筈《はず》である。

父はいつもこの役を自分でも愉しんで、のびのび大らかに演じていた。

私の十四歳の時、この能を一緒に御覧になった大樹さまから、

「児《ちご》は小股を掬《か》かうと思ふとも、ここはかなふまじき」

とからかわれた瞬間、心に芽生えたのは、父の人と芸への嫉妬《しっと》と、ひりつくような羨望《せんぼう》であった。今に見ろと、我ながら信じ難いような熱い競争心に一瞬身がしびれたことを忘れはしない。

准后《じゅごう》さまに、いつか、大樹さまとのこのやりとりをお話していたのかもしれない。

父に死なれて悲痛に沈んでいる最中に、わざわざ自然居士に対抗する能を創作せよとそのかされたのは、その折の私にとっては、何よりも適した妙薬であった。頭の中に漠とした新しい能の気配は浮んできたものの、二十二歳の私には、とうてい父の作に対抗出来るような心の構えが出来ていなかった。同じ喝食を主役にした「東岸居士」を書きあげたのは、それから大方三十年も後のことになる。物語性はつとめて押えた作で、父の作に劣らない説得力をこめたつもりであった。

准后さまはそのうち、とんでもないことを話しはじめられた。

「ここだけの話だが、大樹さまは天子さまになろうと大それたことを目論《もくろ》んでいられるとしか考えられない。これまでの御行跡を拝しても、一度思い立った欲望は、どんな手段を講じても、必ず実現なさっていられる。あのお方には、さまざまな守護神が生れながらに着いていられるのであろう。私の生涯であのような偉大なお方にお側《そば》近く仕えられたことは、何にもまして幸いであったが、涯《はて》も見えぬ大樹さまの御発展ぶりを拝していると、何か末怖《おそろ》しいのだ」

あまり真面目《まじめ》な表情でおっしゃるので、私はあわてて上《うわ》の空のことを言った。

「父が常々申しておりました。人生には男時と女時があり、それが交互に入れ替って、程よい平衡を採るものだと。大樹さまには女時というものを寄せつけない稀有《けう》な強運を恵まれていらっしゃるのでしょう」

「永遠の男時などがあり得るものだろうか」

准后さまのお声はいつになく重苦しかった。

天子になるなど、あまりにも突拍子もないことを、当代一の智慧者《ちえしゃ》の准后さまが口になさったことの衝撃の方が、私には怖しく不吉なことに思われた。老耄《ろうもう》は、どれほど聡明《そうめい》な人をも容赦なく襲うと聞いている。これほど聡明な智慧者に、万一そのような影が射《さ》したらと思うと身震いが湧《わ》いてきた。

それにつけても父の最後の舞台を輝やかせていた枝葉もない老木に華麗とさえ見える花を咲かせて全観客を酔わせてくれた神秘な芸の力を、目の当《ま》たりにまざまざと見せられた至福の時を思い出すのであった。

言葉でそれを、准后さまに伝えきれないのがもどかしくてならなかった。

あの舞台の輝きが、父の生命の消える前の最期《さいご》の炎の輝きだとしたら、あのまま死んでいった父の死こそ稀有に有難いものだと、しみじみ思い直されてきた。

幸いなことに准后さまはその後老い呆《ぼ》けもせず、それから四年後に、ひっそりと穏やかに浄土に旅立れておしまいになった。

父を失ったあと、ある意味では父以上になじみ、親愛し、心の頼りになっていただいていた准后さまが他界されてから、私の真の孤独が始ったのであった。享年《きようねん》六十九。父の五十二年の短命に比べたら、長く生きられたと思うものの、せめて古稀《こき》は迎えていただきたかった。その賀の祝いのために新作能を捧げようと、秘《ひそ》かに書きあげていたのに。

准后さまは、父についで私の新作能を面白がって期待をかけて下さっていた。父の作る能が劇的な、今の世の中の事件を主題にしたものであるのに、私がいつ頃からか、あの世とこの世を一つの舞台にのせるようにしたことを、新しい工夫だと認めて下さった。

現実のこの世と非現実のあの世を往来《ゆきき》する魂《たましい》の跳梁《ちようりよう》。人は現身《うつしみ》の死を迎えても、焼場で組みあげた薪の上に屍《しかばね》を焼かれ、骨と灰になってしまっても、生きていた軀《からだ》に宿っていた心は焼き尽されるものではない。

魂となって肉体から抜け出し、妄執《もうしゆう》となって、未練執着のある場所や人の許《もと》に立ち帰る。

夢幻の煩悩《ぼんのう》を抱いた心は魂魄《こんぱく》になると、妄執が鬼となる。魂という字に鬼を書きいれた人は誰だったのか。

魂は生きながらの現身からも抜け出すことが出来る。想《おも》いが凝ると、念は肉体を離れ生霊《いきすだま》となってどこまでも宙を飛んで行く。

現実だけに生きているのではない人間の情念の深さと不可思議を描いたのは平安の紫式部であった。生霊となって六条御息所《みやすどころ》の魂は現身から抜けだし、恋敵葵《あおい》の上《うえ》の許に宙を駈《か》けて行く。能に仕立てた「葵上」では、六条御息所が嫉妬の鬼になり、おどろおどろしい般若《はんにゃ》の面を着ける。口が耳までさけ、角を生やした、まさに怨念《おんねん》の凝縮したようなすさまじい鬼面である。

死霊よりも生霊の方が恐しい。

冥途《めいど》の鬼を実際に見た人間は居る筈はない。鬼の姿はあくまで人間の想像の産物である。悩みの余り、人間の心を失い、狂乱して鬼の心になる。その「人間の心の鬼」こそ、私には興味が尽きない。人は、現在生きているこの世の現実のことこそ大事なのだ。鬼が人間であった時の、鬼にならねばならぬほどの苦しみや悩みの状態こそが、面白い劇の要素になるのだ。

この世で受けた辱《はずか》しめの怨《うら》みゆえ、心が鬼になる人間の哀切さこそ、能の大きな主題になり得る。

私の書いた「恋重荷《こいのおもに》」「砧《きぬた》」などは、心の鬼の苦しさを主題にした。恋の真情を裏切られ、踏みにじられ、または嗤《わら》いものにされた怨念が、心の鬼となって顕《あら》われる。

その切なさが観《み》る人の心を打つ。自分では気付かず、ひそかに人の胸に棲《す》みついている心の鬼が呼応するからだ。

鬼を書いた自分の作の中で、人の批評はどうであれ、最も自分で気に入っているのは「鵺《ぬえ》」である。

これは、あらゆる上演の場を元重《もとしげ》に奪われて、観世座の未来が閉された上、頼りにしていた元雅まで殺された老いの絶望の中から生れたものであった。

遺言のつもりで禅竹に、私の船出の後で開くようにと遺《のこ》してきた。

『平家物語』の「鵺」が、盲目の平家琵琶語《びわがた》りによってよく語られ、知られていた。

「鵺」は夜な夜な内裏へしのびこみ畏《おそ》れ多くも異様な鳴声で哭《な》きわめき、主上を悩ませ奉《たてまつ》るというので、弓の名手源頼政《よりまさ》が射殺したという話であった。射殺された世にも不気味な怪鳥が、いつから私の心に棲みついたものなのか。

北野天神社で怪鳥が射殺され、川に流されたという怪しげな噂《うわさ》が京に流れたこともあった。

不気味な話はひそひそ声で語り伝えられる。

この世に存在しない怪しげなものを観たいと思う好奇心と恐れが、話をさも実話のように彩《いろど》っていく。人それぞれの心の中にも、得体の知れない怪鳥や鬼が棲んでいることを、人は本能的に知っているのかもしれない。

少くとも私は自分の心の闇《やみ》にひそんでいるものの、正体を感得していた。見る見る翳《かげ》っていき、再起不能まで一気に堕《お》ちこんで行く自分と、座の運命への嘆きと怨みが、心のものの怪《け》の実像なのだ。

矢に射殺され、地に落下して、うつほ舟に押し込められ、行方も知れず流される化《け》生《しょう》の昏《くら》い運命。

それを描かなくては死にきれない。

他から奪った栄光は、いつかは他によって奪い返される。無常とは死の終りでなく、同じ事態は続かないという真理なのだろう。

私の発案した夢幻能の構成で、この能も始まる。

諸国一見の僧が、難波芦屋の里にたどり着く。宿を貸す者もなく、洲崎《すざき》の村人の共同で建てた堂にようやく泊ることを許される。ただし、この堂は夜な夜な怪異がおこると告げられる。僧はそれを承知して宿ることにした。

果して真夜中になると、怪しい舟が漂い寄り、中には人間とも思えぬ異形のものが居り、訴え泣く。

「悲しきかなや身は籠鳥《ろうちょう》、

心を知れば盲亀《もうき》の浮木《ふぼく》、
ただ闇中に埋れ木の、
さらば埋れも果てずして、
亡心なにに残るらん」

と、嘆いている。

埋められても埋められきれない、この世への執着と妄執の暗い嘆き節であった。

僧と舟人は言葉を交す。

「我も憂きには暇無《いとまな》みの」

「潮にさされて」

「舟人は」

「差《さ》さで来にけり空舟《うつほふね》、差さで来にけり空舟、現《うつつ》か夢か明けてこそ、海松藻《みるめ》も刈らぬ芦の屋に、ひと夜寝て海人《あま》びとの、心の闇を弔《と》ひ給《たま》へ、有難や旅人は、世を逃れたるおん身なり、われは名のみぞ捨て小舟、法《のり》の力を頼むなり、法の力を頼むなり」

近衛《このえ》の帝《みかど》の時、帝の御心を悩ませ奉ったかどで、射殺された鵺の成仏《じょうぶつ》しないさまよえる魂の悲痛な訴えであった。

悪心外道の怪物は仏法王法の障《さわ》りになろうとするのに、矢の名人頼政に射られて地に墜《お》ちる。射手の頼政は弓の名手として一挙に名をあげる。が、射られた鵺は、

「われは名を流す、空舟に押し入れられて、淀川《よどがわ》の淀みつ、流れつ、行く末の、鵜殿《うどの》も同じ芦の屋の、浦曲《うらわ》の浮き洲に流れ留まつて、朽ちながら、空舟の、月日も見えず、暗きより、暗き道にぞ入りにける。
遥《はる》かに照らせ、山の端《は》の、
遥かに照らせ、山の端の、
月と共に、海月も入りにけり。
海月も共に、入りにけり」

暗い虚無の魂は、こうして海月と共に昏い海に沈みこんでいく。和泉式部の、

暗きより暗き道にぞ入りぬべき
遥かに照らせ山の端の月

という絶唱を取り入れた時、私の能は仕上がったが、それで私の心に巣喰う虚無の夜鳥が、消えてなくなるわけでもなかった。

もはや世間の栄光から見放され、男時からさえも愛想を尽かされた現実の世阿弥、絶望と失意の私こそが、孤独な怪鳥、鵺そのものではなかったか。

軽い咳払《せきばら》いに振り向くと、小浜《おばま》から乗船して私の見張役、送り届け役の使命を持った一色氏の家臣、後藤慎之介《しんのすけ》であった。この男は船が出帆するなり強烈な船酔になり、激しい目まいと嘔吐《おうと》に苦しめられ食物もとらず、船室の奥に寝たっきりになっていた。見張りの役目もあって、私と同じ船室に幕一枚でしきりして寝こんでいたが、夜も眠れないことが多いらしく、呻《うな》ったり歯ぎしりしたり苦しむ様子が気の毒であった。

こんな船に弱い者を選りに選って、遠島の囚人送りの役に選ぶとはどういう魂胆であろうと、内心おかしかったが、見るに耐えないほどの苦しみ様が気の毒で、ただそっとしておくしかなかった。

水夫《かこ》たちは、「すぐ馴《な》れますよ」と、冷淡な面持で、やっぱり、どうしてこんな船に弱い男を護衛につけたのだろうと首をかしげていた。

この時の若狭《わかさ》の守護大名は、一色義範《よしのり》であった。

後に改名して義貫《よしつら》になっている。応永七年生れの義範は、その前年生れた私と椿の長男元雅と一つ違いだったし、翌年生れた次男元能《もとよし》とも一つ違いだった。もう生れないと決めていた実子をたてつづけに二人も恵まれて、私の人生観がすっかり変った時であった。

今から振りかえれば、あの頃が私の生涯で、最も仕事も家庭も安定充実していた幸いな時であったようだ。思えば何と短い束《つか》の間《ま》の平安であったことか。三人の幼児は終日仔犬《こいぬ》のようにじゃれあい、互いに実の兄弟と信じて手加減など加えぬけんかを賑《にぎ》やかにしては、泣いたり、泣かしたりしていた。椿は子供たちに甘く、一切叱《しか》ることがなかったので、子供たちが恐れているのは私ばかりであった。

弟の四郎が子守役で、始終子供たちと一緒になって遊びの仲間に入りながら、けがのないよう、自分の子の三郎元重が継子《ままこ》いじめされないよう見張っている。

椿がある時、子供たちの間食に蒸した芋を、ものを書いている私のところに分けに来て、珍しく声にだして笑った。

「どうした」

「四郎さんが……子供たちに、けんかをすることばも、七五調で言えと教えているんです」

私も思わず笑い出していた。私が七歳を待たずとも、子供たちに稽古《けいこ》をつけろと、口癖に云《い》っているからだろう。四郎のそんな実直さ素朴さが私は好きであった。

三人の子供の中では四郎の実子の一番年かさの三郎元重が際立《きわだ》って器量が整い、早くもゆくゆくは人を振り返らせる美童になる素質を、目鼻立ちに現わしていた。特に浅いえくぼの浮ぶ笑顔に、すでに幽玄と呼びたい色気が滲《にじ》んでいた。

わが長子の元雅は、三人の中で一番神経質な表情をしていたが、母似の切れ長な目に、濃い感情が束の間あふれるような、はっとさせられる一瞬があった。一番年下の元能は、末っ子らしくおっとりした甘えん坊で、よく上の二人に泣かされていた。

三人が十二、三歳になった時を想像しただけで、観世一座の将来がいかに賑々しく華やぐことだろうと、心が浮き立つのであった。

父がこのさまを見たら、どんなに喜ぶだろうと、それのみが心残りであった。

私の『風姿花伝』は、実子元雅の生れた頃から書き始め、一色家の義範が生れた年には、「第三問答条々」が書き上っていた。

一色家は代々申楽《さるがく》好みで、特に観阿弥が御贔屓《ごひいき》に預り、三度ほど小浜で興行させてもらっている。十歳で父満範に死別して家督をついだ義範は、三十代には山城、三河、若狭、丹後の四ヵ国の守護大名を兼ねていた。

私の突然の佐渡遠島に際しては、表向き無関心を装《よそお》っていたが、小浜まで送ってきた禅竹を通し、休み所や宿舎の手配にそつのないよう計らってくれてあった。

明日は出発という夜は、その朝獲《と》れたという新鮮な魚を食べきれないほど、宿に届けてくれてあった。禅竹がひそかにお礼に伺うと、

「相手は稀代《きたい》の狐憑《きつね》きだから処置なしだ。かほどの恐怖政治は歴史にも稀《まれ》だ。明日は我身かもしれぬ暗い運命よ」

と、二人きりなのに筆談され、その場でその紙を焼き捨ててしまう用心深さだったという。今度のわが身の災難も、

「理由などあるものか。たまたま狐憑きの疳癪玉《かんしゃくだま》が雷のように、運悪くそこに落ちたというだけだ。天災のような不測の災難とでも言おうか」

と書かれたという。

そんなお方だから、船が出ると同時に寝込むような無能な男に、わざと罪人送り役を命じられたのだろう。

後藤慎之介は大きな深呼吸をして、私の横に、提灯《ちょうちん》を畳みこむように、ぐずぐずと小さくなって坐《すわ》りこんだ。貧相な軀《からだ》つきだから一瞬ひどく老《ふ》けて見えるが、どうやら、一色の殿様や、私の息子たちと大差もない年代らしい。

「申しわけございません。お恥しい態たらくで、何のお世話も出来ませず。これで帰れば、打首になっても致し方ありません」

「いや、一色殿はどこやらの狂気の将軍とはちがうから大丈夫でしょう。それより、あなたは何か余程心に憂悶《ゆうもん》をかかえていられるのかな」

「えっ、どうしてそれを」

「いや、夜よく呻されているし、切なそうに哭かれる時も屢々《しばしば》だ」

女の名を呼ぶことだけは口にしなかった。

「お恥しい限りです。実は……出発前、子供と妻をたてつづけに亡《な》くしたばかりでして」

「それは、お傷《いた》わしい。どういうことで」

「はい……子供が、男の子ですが、夫婦になって五年めにやっと一人恵まれて大喜びしたら、どういう因果か、生まれてすぐ高熱が続き、そのまま首も坐らず、目も見えない子供になりました。妻はそれを苦に病んで、産後の肥だちも芳《かん》ばしくなく、そのまま寝ついてしまいました」

「それは……お気の毒な」

「いっそ、こんな不具のまま生きているより死んだ方が、子供のためにも楽ではないかと、秘《ひそ》かに思ったりしているうちに、本当にはかない命の子供でして、蠟燭《ろうそく》の火が消えるように亡くなってしまいました。すると妻がその衝撃で気がおかしくなってしまいました。ぶつぶつひとりごとを言うのを聞いていたら、私が秘かに心に思ったこと同じことを妻も思ったというのです。それであの子は自分の念が殺したのだと、自分を責めて、自分は子殺しだ、鬼だと言いだし、何となだめても聞き入れません。とうとう子供の四十九日の朝、自分でくびれてしまいました」

「……」

「何の因果でそういう目に遭うのか、神も仏もあんまりつれないと、私も気がおかしくなりかかっております。性来、気の小さい私たち夫婦は、人さまの蔭《かげ》にかくれるようにして慎《つつ》ましく地味に地味にと暮してきました。虫一匹殺さないように心がけてまいりました。その暮しぶりのどこが神仏のお気に障《さわ》ったのでしょう。そうした私の不幸を御存じとも思えぬ殿さまが、この役目をお与えになったのです」

「お察しします。この世の中で愛別離苦《あいべつりく》ほど辛《つら》いものはない。その中でも逆縁の悲しみは、味わった者でなければわからない切実な辛さです。私も七十二の老耄《ろうもう》の身にもなって、理由もわからず遠島になる理不尽な災難より、七十歳になった時、頼りにしていた長男に旅先で先立たれた辛さの方がどれほどか骨身にしみました。あれから三周忌を迎える今も、悲嘆は一向に薄らがぬ。生れて間もないお子を失うのもどれほど悲しいか思いやられるけれど、三十四になった男盛りの頼りにしきっていた息子に先立たれる老いの心細さは、筆舌にも尽せない。しかも病死ではなく殺されたとあってはな」

「ええっ、それはまた、誰に、どこで？」

「伊勢《いせ》の安濃《あのう》の津で人手にかかっている。永享《えいきょう》四年八月のことでした。一途《いちず》な感情の激しい面はあったが、人に恨みを買うような男ではなかった」

言葉にすると、またしても無念さがこみあげてきて、私は自分の子供のような若い男の涙に誘われそうになり、奥歯を噛《か》みしめていた。元雅を暗殺したのは、足利の家臣、斯波《しば》兵衛三郎といわれているが、それを確かめたり怨《うら》みをいったりすることは、身分柄許されない。泣き寝入りするしかなかった。

父観阿弥の母、私の祖母にあたる人が、南朝で活躍した楠木正成《くすのきまさしげ》の姉だということで、元雅が南朝の隠密をしているとでも疑われたのか。しかし元雅は、時としては激情的になることもあったが、世の中の動きには冷静というよりむしろ冷淡で、どうせこの世はなまなかな人の力で流れの動きを変えられるものではないと醒《さ》めきっていた。世の中の動きは津波のような抗し難い力で流され廻転する。勝負はたいてい、戦いの始まる前に決っているのだと、私などより老成した考え方をしていた。

政争は嫌いだったし、その分、天職として与えられた申楽の舞台に、情熱と夢をかけていた。

「父上が現実の事件だけを舞台の題材にすることに飽き足らず、あの世から霊魂をこの世に引き出して、人間の魂の深さを描こうと試みて下さったのは、中楽の可能性を押し拡《ひろ》げ、劇の味わいを限りなく深めてくれることになりました。舞台の演技はどうしても年齢と共に不備な面も出てきます。そのうち私も父上に倣《なら》って新作の能本を書く仕事を中心にしたいものです」

と、打ち明けてくれたこともあった。既成の旧《ふる》い作品を改め書き直すことにも意欲的であった。私が父観阿弥の天性の天分に憧《あこが》れると同時に、常に秘かにその才能に、いつかは勝ちたいものと競っていたのと同様に、元雅も祖父や父をしのぐ者になりたいと心に深く思っていたのは、言動のはしばしで察しられた。

私は早くから元雅の非凡な才能を認めていた。だからこそ、養子に迎えた甥《おい》の元重よりも実子の元雅に観世の家の芸を継がせたいと思うようになったのだ。他人のそしるように、その感情はありふれた愚かな親の身びいきのなせる煩悩《ぼんのう》だったのだろう。甥よりわが子が可愛《かわい》いという凡庸な親心に惑わされて、跡継にする約束で貰《もら》った養子三郎元重が、いつかうとましい存在になっていたのを認めないわけにはいかぬ。弟の四郎も、その子元重も、私の心変りに気づかぬ筈《はず》はなかった。

いつの間にか弟の一家と、わが家とは疎遠《そえん》な仲になっていた。しかも皮肉なことに、その間は元重の芸運に男時の勢いがつきはじめていた。

大樹さまの寵愛《ちょうあい》を一身に集め、人々の嫉妬《しっと》の的になっていたのは、遠い前世の出来事のような気がする。

いや、衰運は大樹さま御生前からすでにわが身の上にしのびよっていたといえよう。大樹さま一世一代の晴れ舞台、新装なった北山第《きたやまてい》に、後小松帝の行幸を仰いだ時、すでにわが観世にはお呼びがなかったではないか。あの後世の語り草にもなった盛儀に、わが一統は埒外《らちがい》に置かれていた。この時天覧の栄に浴したのは、外ならぬ近江申楽の道阿弥であった。またその頃大樹さまの寵愛を誇っていた美童御賀丸《おんがまる》と、美男の名の高かった山名修理亮《しゅりのすけ》が、天覧能に見参している。

犬王道阿弥は行幸の間、幾度も能を天覧に供している。二十一日間にわたる長い行幸の間中、わが観世の出番は全くなかったのだ。

それでも昔の愛された日々の栄光の夢が、心にまだ尾をひいていて、その夢に甘えている自分に気付かなかったのだ。

大樹さまと自分との間には、御生前からとうに超え難い溝《みぞ》が生じて久しくなっていた。大樹さまは私を日夜御側《おそば》に引きつけて、鍾愛《しょうあい》された日があったことなど、もう御記憶の網からすっぽりと洩《も》らしていられた。時たま思い出したようにお声がかかる時は、昔愛玩《あいがん》された手廻りの品がすっかり古びて傷みも目立つのを、ふとなつかしみ、憐《あわ》れをもよおされるような目付をお見せになっていた。

「どうだ、新作ははかどっているか」

など、上の空で御下問されるのも、単なるものの弾みの一瞬の憐憫《れんびん》からにすぎなかった。

椿の安否など、お訊《き》きくださることは皆無であった。おそらく、大樹さまの御記憶の中からは、椿の姿は全くかき消えていられたのだろう。

顔を合わす機会があれば必ず椿の様子を尋ねてくださった高橋殿が、はやり病であっけなく他界されてからは、大樹さまとの絆《きずな》の糸も断ち切られたようになっていた。

この頃になって、准后《じゅごう》さまがお亡くなりになる前、重苦しく洩らされたお言葉の意味がようやく私にも腑《ふ》に落ちてくるようになった。

ふりかえれば、永徳三年に大樹さまは源氏の長者に進まれ、淳和《じゅんな》と奨学院の別当となられている。

北山の別邸安聖院を鹿苑院《ろくおんいん》と呼ばれるようになったのもこの頃であった。すでに室町の花の御所は贅《ぜい》を尽し、近衛《このえ》家の桜の名木を召し上げてそこに移し植えられたのも、権勢の一つとして語り騒がれていた。

摂関家はいうまでもなく、朝廷でさえ、大樹さまの御気分次第で、その権勢も尊崇もいつ失われるか知れない有様であった。

将軍の直属兵も増加し、公家《くげ》たちの官位についてさえ、大樹さまの思惑を無視出来ない権力を手中に収めていられた。まさに天下無双の実権を握られ、帝《みかど》より上かと見える権力を握っていられる。

「初代尊氏《たかうじ》さまの開かれた足利幕府は、三代めの大樹さまの代に於《おい》て、もはや盤石のものと固まった。この勢いがどこまで燃えさかるか、私にももはや見当がつかぬ」

准后さまのお言葉が思い出されてくる。

「人間の運命はいつ、どういう風の吹き廻しで変動するか、誰にも予知することは不可能である。ただどのような強運も衰運も、一時《いっとき》として止《とど》ってはいない。長い歳月の間に、様々な人間の栄枯盛衰の運命を見極めてきたから、只今《ただいま》の大樹さまの御盛運が恐しくさえある」

そんな言葉も准后さまのお口をついて出た。

その後の大樹さまの盛運は衰えることを知らないようだった。

大樹さまの美童御執心の御趣味は相変らずのようだが、一方では女色にも結構派手に振舞われて、さまざまな噂《うわさ》が、口さがない京雀《きょうすずめ》の間に伝っていた。

朝廷にもわが物顔で出入りされる大樹さまは、後宮の妃嬪《ひひん》たちにまで手をのばされ、朝廷の後宮はさながら大樹さまの密通の場の観さえあった。まるで見てきたような噂がひそひそと囁《ささや》かれ、野火のように拡がっていく。

後円融帝の寵妃の三条厳子殿が、後円融帝の逆鱗《げきりん》に触れ、血の止まらぬような厳しい峯《みね》打《う》ちを浴びたなどという血なまぐさい噂さえあった。厳子殿の御腹を痛められた幹仁《もとひと》親王が六歳の後小松帝として即位されていたが、その御即位にもあらぬ噂がひそやかに流されていた。

そうした一方で、大樹さまが南都で美童たちによる延年の舞を御覧になり、いたく興をもよおされ、やがて南都から彼等を京にお呼びよせになったという話もあった。

自らなる欲望を制御する義務も、宗教的制約も持たれぬ大樹さまの大胆奔放な生き方に、誰も言葉をさしはさむ余地はなかった。

明国との国交を成功させるため、自ら日本国王と名乗り、大明国に対し、臣源とへりくだったことなど、外交の一手段としてしかお考えにならないようであった。識者たちの憤《いきどお》りも歯牙《しが》にもかけられず、明国との通商によって巨萬《きよまん》の富を現実に得たことを誇っておられるようであった。

北山第への行幸も、大樹さまの深い意図のもとに実現させられたことのようであった。これも貴顕の有識者の間から洩れ聞いたことであったが、大樹さまは御長男義持《よしもち》さまに将軍職は譲られたものの、愛妾春日局《あいしょうかすがのつぼね》の御腹の義嗣《よしつぐ》さまを御偏愛遊ばされ、後小松帝の猶子《ゆうし》として将来の帝位を望まれていたとか。

義嗣さまは、美童好みの大樹さまを御満足させる稀代《きたい》の美少年ですでに十五歳に成長されていられた。十五歳の人にわざわざ童姿のみずらに結わせ、後小松帝をお迎えさせていらっしゃる。

この日の晴れの舞台には日の目を見ることあたわず、専《もっぱ》ら、蔭《かげ》の後見をしていた私には、かえって、この日の大樹さまのお積りが拝察された気がしていた。

まさか、その直後、まさに大樹さまの大野望がとげられようとした時、突如急逝《きゅうせい》されるとは、誰が予想し得たであろうか。

応永十五年五月六日、享年《きょうねん》五十一であった。

大樹さまとの遠い甘い夢は、もはや永久に失われてしまった。

もともと田楽のお好きだった義持将軍は、田楽新座の増阿弥を殊《こと》の外寵遇された。

田楽は、今熊野で亡父観阿弥と少年の私が申楽の舞台で大樹さまのお目にとまるまでは、代々の将軍家に愛された古参の芸能であった。ところが、我が観世の申楽《さるがく》の出現により、人気に於ておくれを取り、時流の好みに取り残された感があった。

そこに現れた増阿弥久次という田楽の名人芸が、義持将軍のお目に適《かな》ったというわけである。

本来、曲芸や田楽踊りが中心になっていた田楽の芸に、それだけでは世人があきたらなくなってきた。そこで田楽の座では、中楽の人気の正体を探り、それを取り入れて劇を中心にするようになってきた。いつの間にか中楽能に対して田楽能として対抗出来るよう工夫されてきていたのだ。そのため、演目にも中楽と共通するものも多くなり、競演することさえ増えていた。

増阿弥は私とほぼ同年輩であるから、押えていても競争心、対抗心は止《や》み難い。

近江中楽の犬王道阿弥は、父の年輩だった上、その天才的演技は父観阿弥からして一目も二目も置いていたから、北山第で独り、晴れ舞台の栄誉をほしいままにされても、自分の気持を納得させることが出来た。ところが同年輩の増阿弥が、目に見えて人気をのばし、わが観世の中楽をしのいでいくのを指を咥《くわ》えて見送ることは、観世座の大夫《たゆう》としての自尊心が許さなかった。

万事が破天荒に豊穣《ほうじょう》であられた大樹さまは、天衣無縫に行動されて、世の中の人心も規律も、趣味の傾向まで、大海に注ぐ川の流れのように、自然に従ってくるようであった。

大樹さまが良しとされれば、天下の衆人もこぞって良しと追随する。その波に乗って好運を得たのがわが観世申楽であった。その目を見張る勢いの上昇を、あの頃の増阿弥はどんな想《おも》いで耐えていただろうか。

私は増阿弥を油断ならぬ好敵手と早くから見守っていた。芸の精進には好敵手とみなす相手が居る方が幸せなのである。それを念頭に置いて、一刻も一分の隙《すき》も見せてはならぬという自戒こそ、何よりも芸の励みになる。

この頃の増阿弥は、劇としての能も、音曲としての謡《うたい》も、最高級の芸境に達していた。彼の謡は能の巧《うま》さを土台にしており、彼の能は謡の巧さの上に成り立っている。両《ふた》つの才能が互いを支えあって妙味があった。

奈良の興福寺の東北院で、増阿弥の立合《たちあい》を観《み》たことがあった。立合は数人の演者が同時に舞う華やかなものだが、その時の増阿弥は東の方から出て舞台を西に廻って、最後に、扇の先だけでそっとあしらって舞い収めた。共に舞っている演者の姿が一瞬かき消え、増阿弥だけの冷え冷えとした姿だけが舞台にあった。私は感動の余り涙さえこみあげていた。

ああいう微妙な芸を見落さず、感動するような目利《めき》きも、めっきり少くなった当節は、能役者としても張り合いのないことだ。とはいっても、真の名人芸は、誰の目に

も耳にも達するのか、

「増阿弥の立合は他の役者とは、どこか違っている」

と、評する人も出てきた。また増阿弥は、尺八という得意な技倆《ぎりよう》を持っていて、いきなり魂を引き裂くように一手吹き鳴らし、あとは技巧をこらさず、さわやかに謡いはじめる。すっと謡に入る名演技は、まさに「冷え寂《さ》びた」という表現こそふさわしかった。

増阿弥はまた、田楽だけしか出来ない田楽師ではなく、何の芸でも新しく取り入れ、それが実に自然に出来る新しい型の芸人であった。

ところが一方では、旧《ふる》い田楽の様式で舞台に並んで謡う時や、「炭焼の能」で、薪を背負ったさりげない姿など見せる時は、これこそ田楽だと見物の心に植えつける役者だった。

これほど競争相手を認めている自分にとっては、相手の素質と技量が見事なほど、讃嘆《さんたん》心と敵対意識が微妙に綯《な》い交じって複雑な感情であった。

また観賞者であり後援者である将軍の観賞眼にも、世の移り変りと共に変化があるのは当然である。

はじめは、何事によらず強烈な個性のまま遷化《せんげ》された前将軍大樹さまの跡を、慎《つつ》ましく踏襲するかに見えた新将軍義持公は、日と共に年と共に、御自分の個性を発揮されはじめ、大樹さまと御自分の違いをことさらに大衆に認識させようとなさる風が際《きわ》だってきた。

「こういう義持に心服する者だけが尾《つ》いて来るがいい」

といわんばかりの御態度で、ご自分の個性を格別主張なさりはじめた。

禅宗を率先して信奉し擁護しはじめられたのもその一例であった。禅を精神の背骨に据えた義持将軍の教養と趣味に支えられたのが、増阿弥の田楽能だったということになる。義持将軍の芸能監識眼は、大樹さまに劣らず、むしろ、華やか好みの大樹さまのそれより醒《さ》めていて高度であった。見巧者という点では、はるかに大樹さまを抜いていた。

その新将軍が、わが観世中楽より増阿弥田楽を愛好されるということは、認めたくはなくても、認めざるを得ない増阿弥の才能であり、新将軍におもねることに急ぎ脚の世風の嗜好《しこう》であった。

私に焦《あせ》りがなかったといえば嘘《うそ》になる。

内心、私はどれほど、自流の中楽の前途に危機感を抱き、何とか人気の挽回《ばんかい》をしようと焦ったことか。

その現れの一つに、義持将軍の新世代を祝賀するつもりで書いた「弓八幡《やわた》」は、どこかに新将軍におもねった卑《いや》しさがちらついている。可もなし不可もなし、面白味にかけた作品になったのは、何とかしてこれまでの風とは違うことをと意識しすぎて、観世中楽の根本の物まねをほとんど排除したからだろう。無味乾燥に近い舞台になってしまった。早く、新将軍に振り向いて貰《もら》いたい。新将軍を中心にした新しい人脈に近づきたいという卑しさが自《おの》ずと顕《あら》わになり、自分では後味のよくない作になった。

あの頃の自分の人には言えぬ焦燥が今、振り返っても辛《つら》い。

亡父の言葉を借りればもともと、われわれ中楽役者などは、

「貴顕の座での道化をつとめ、進んで酌をし、歯の浮く世辞を恥じぬ座持ちに過ぎぬ。どんな時でも自分をその席に侍《はべ》らせた主人の顔色を窺《うかが》い、その席で誰に媚《こ》び追従《ついしょう》することが、主人の最も望むところかを、いち速く見抜くことだ。極上の色知《わけ》りとは、それを心得、実行出来る者だ」

という。当代一の色知りと評された高橋殿から、

「まだそんなに若いのに、藤若さんの座持ちの巧さにはこの高橋でさえ敵《かな》いませんよ、それは天性のものですかねぇ」

とほめられたことがある。准后さまの連歌の客人たちの間からも、

「藤若は座持ちの名人だ」

と一度ならず感心されたことがあった。それがほめられたことと、真に受けて喜んでいた自分の稚《おさな》さが、今となっては苦く恥しい。

長く生きるとは多くの恥を重ね、いくつもの恥の上塗りをつづけることなのかもしれぬ。

実子が生れたばかりに養子の元重を心にうとんじる感情を制御出来なかった自分の若さも、消し難い恥と思い知らされている。

私が実子びいきで、さほどでもない元雅の才能をほめすぎるという誹《そし》りが耳に入らぬでもない。一番、面と向ってそれを指摘したのは元雅自身であった。

「父上は本気で私の芸を観阿弥、世阿弥にも勝るものと思っていらっしゃるのでしょうか」

「どうして、そんなことを訊《き》くのか」

「いいえ、私自身は、自分が、舞台でそれほど映える容姿でもなく、また作能に於ても、試し書きしたばかりですが、とても父上のような溢《あふ》れる文才を認めることは出来ません。

それにこれは父上に内緒で、実は三郎元重の舞台を覗《のぞ》き観てきました。もちろん、身をやっていたので誰にも見とがめられてはいません。元重の舞台には、まごうことなく『花』がございました。見物衆に我を忘れさせる一瞬を与えるほどの『花』が、舞台一杯に横溢《おういつ》しておりました。正直、衝撃を受けました」

おそらく元雅のあの時の述懐が正しかったのだろう。しかしそれを認めることは自分の親馬鹿《ばか》の魯鈍《ろどん》さを認めることになるので、私はあくまで、元重の芸は一般受けはするが深みに乏しいなどと、言葉の上ではおとしめていた。

彼等がまだ童子の頃、同じように教えていた時、私はすでに元重の天性の才能の豊さに気づいていた。強いて努力もせず、無心に私の言葉やしぐさを真似《まね》るだけで元重は楽々と舞も謡も会得《えとく》していった。もう少し長じてからは、一々、理屈を納得した上でないと声も出せず、軀《からだ》のふりも動かない元雅に対し、元重の方は童子の時と同様に、楽々役に馴染《なじ》んで天衣無縫に振舞った。そしてはっとこちらの気を引き緊《し》めさせるような閃《ひらめ》きを見せた。この者に家の芸を継がせたら、わが子二人の出番が失《な》くなるという恐れを、心中深く私が抱かなかっただろうか。

私の心の距離をいち早く察したのは、元重の父親の四郎であった。

かけ引きの出来ない四郎は、芽生えた不安を私に直接ぶっつけてきて、養子縁組した時、取り交した約束事の確認を繰り返し迫ってきた。

それがもとで、ある日、私と四郎とは売り言葉に買い言葉めいたけんかになり、二人の関係、ひいては家どうしの関係も断ち切られていた。

私はすでに四郎に『風姿花伝』を伝えてあった。花伝書は観世の一統に観世中楽の真髄を伝承しておきたいという考えからであった。

それを渡した時点では、私は四郎一家をまだ自分の芸の正当な後継者だとみなしていたのだ。いつ、何が直接の原因でと問われると、答えの言葉も失ってしまう。

私が四郎一家と舞台を共にしなくなってからも、四郎はまめに実直一途の性質をかかげて、高貴の方々へ機嫌伺いをおこたらなかったようだ。

つとめて下級の実務にくわしい者にすり寄り、自分たち親子に舞わせて欲しいと願っていたという。そのせいで、言わず語らずに私の一家と疎遠《そえん》になっている原因を、私の心変りからの契約反古《ほご》のせいと、無言の宣伝をしたことになった。いわれもなく被害者とされた四郎父子に、世間の同情が集るのは当然であった。

元重《もと》は需められる場所を選ばず演じ、次第に自分の贔屓《ひいき》の層を広め、後援者の数を着実に増やしていった。

その間、この親子は決して私の約束違反や、継子《ままこ》扱いの不当さについて自分から口にはしていない。それがかえって人々の同情を買った様子であった。

三郎元重が徐々に実力と人気を貯《たくわ》えている間に、わが観世の能には日一日と翳《かげ》りが濃くなっていた。

養子元重に渡るべき観世家後継者の立場は、実質的に元雅の手中に収ったものの、元雅がその立場の重味を識《し》った時には、早くも観世一座は斜陽の運命にあった。文字通り沈む日が止められないように、一度落目になった人気の衰運は、引く波のように人力で押し留めようもない。

何より必要な将軍の応援が遠のいたことが決定的であった。

将軍の趣味におもねる貴顕の家々からの招演も減ったし、本来、座の命を支えてきた社寺の誘演の機も減じていた。

後援者がなくては、人を呼ぶ巷《ちまた》での勧進能の舞台もかけ難くなっている。

元雅が私の心の焦りと、一座の衰運の翳りに気づかぬ筈《はず》はなかった。思えば自分の若き日の上昇しつづけていた座の盛運時に比べて、何と不憫《ふびん》な仕儀であったことだろう。

元雅は黙々と座の維持につとめ、自分とは別に、新しい演能場を地方に向けても開拓していった。

二つちがいの弟の元能には、はじめて得た長子の元雅ほどには心を注いでいなかった。おっとりした元能は、兄や従兄《いとこ》に泣かされても、泣いて親に言いつけるようなことはなく、どこかの隅でひとしきり泣いてしまえば、またけろっとして、兄たちの遊びの中にはまっている。

俊敏さがないのがもの足りなかったが、母親の椿は、一番手がかからず、心の慰まる子だといっていた。

同じ様に元重や元雅と稽古《けいこ》をつけたが、辛い時も、大粒の涙を耐えきれず丸い頬にこぼすだけで、泣き事は口にしなかった。それも母親は根性があるとほめていたが、私は三人の中では能の才は劣ると踏んでいた。

それでも兄を助け、一座の者の世話をし、苦情を聞き、相談相手になり、座をまとめるには必要な人間になっていた。

兄弟ふたりが、観世の能の前途について、どう話しあっていたかもしらぬが、ある日、突然、元能から、

「考えるところがあって、出家させていただきます。私に、この家の芸の才能が生れつき恵まれていないことは、父上が誰よりも御承知でしょう」

と切り出された時は、呆気《あっけ》にとられた。

「長い間お世話になりましたこと、能の何たるかを詳細に教えていただいたことに感

謝申しあげます」

鍛えた声が、こういう場ではひどく言葉をひき立てる。そうだ、元能は謡はうまかったなと、今更のように思った。

どう留めても意志を曲げないだろうという一種の気迫に撃たれて、私は言葉を失っていた。

「何といっても、父上から直々に聞き書をして『申楽談儀《さるがくだんぎ》』をまとめさせていただいたことが、生涯の法悦でした。父上の六十歳以後の深い思索の跡をつぶさに話していただいたのですから、こんな贅沢《ぜいたく》な至福の時間は、私の生涯でも二度と恵まれることはないと思います」

言われて私にも、元能を相手にして能の演技や演出について、また音曲、作能、面についてなど、思いつくまま、訊かれるままに、自由に、何の構えもなく思う存分語りつづけた時、確かに今までにない愉悦を味ったことを思い出した。

永享《えいきょう》二年、私の六十八歳の時であった。

この前年、突如として、私と元雅は仙洞御所《せんとうごしょ》への参内を義教六代将軍に禁じられている。理由は判《わか》らない。上意に不審を抱いたり、新しい処置の理不尽さを問い質《ただ》したりすることは我々身分の者には許されない。

元重音阿弥《おんあみ》は益々《ますます》勢い盛んになり、仙洞御所や醍醐寺《だいごじ》で演能して、それを義教将軍は台覧しているし、将軍の推挙で清滝宮楽頭職になっている。

元重の運勢が増すにつれ、わが一座の運勢は沈んでいくばかりであった。

元能は口にはしないが、こういうわが観世一座の衰運に見限りをつけたというのであろうか。言葉もない私に向って、元能はいつもに似ず雄弁であった。

「父上が大和の補巌寺《ふがんじ》で母上と共に出家なさいましたのは、確か六十歳の時と聞いております。私は今年三十歳に相成ります。御恩深い御両親に孝養も尽さず我意を通して世を捨てる我儘《わがまま》を申しわけなく存じます。これという理由とて何もございません。何かこう、わけの解《わか》らぬ情熱のようなものが、肚《はら》の底から湧《わ》き出てきて、別の世界に移りたいと一途《いちず》に思いつめたのです。

何物か、自分でも知らぬ大いなる力に、首の根を摑《つか》まれ、ひしひしと引き寄せられるような気が致しました。抵抗し難い万力の持主の手のようでございました」

「もうよい。考えぬいた上の決意であろう。私は止めはすまい。ただ、現在伊勢の方に巡業している元雅が知ったら、嘆くであろう」

「兄上には、旅に出発なさる時、申しあげました」

「何と言ったか」

「二男で責任の軽いお前が羨《うらや》ましい……。母のところへ行き慰めてやれ。あれはお前を子供の時から格別に可《か》愛《わい》がっていたから、さぞ気を落すことだろう」

元能が椿のところに行ってからも、私は茫然《ぼうぜん》としてなかなか平常心が取り戻せなかった。

私と一緒に出家して寿椿《じゅちん》の法名をいただいた椿は、私よりずっと素直に仏を信じているから、案外元能の出離をすんなり祝福するかもしれない。誰を師と頼み、何宗に身をゆだねるのかとも訊いてやらなかったことに気づいたが、それは、元能自身の問題で、私の口をはさむ余地もないことと思い定めた。

それより「お前が羨ましい」と言ったという元雅の心に胸がきしんでくる。観世の大夫《たゆう》とか棟梁《とうりょう》とか呼ばれても、実質的には斜陽になっている観世座を引き受けることは、日の出の勢いで昇りつづけていた座を私が引き受けた時とは、全く事情が異っていた。

いつの間にやら音阿弥を名乗る元重も観世座と自称し、というより世間の方がそう呼びはじめて、観世座は今では元来のわが観世座と、音阿弥元重の率いる新観世座の二つが併立しているのだ。

仙洞への出仕を拒まれ、醍醐清滝宮の楽頭職も元重に奪われたわが一座は、いくら本家を名乗っても、勢いのいや増す元重の新観世座の盛運に圧《お》されてしまう。座頭の元雅の器量不足のせいだという蔭《かげ》の声さえ聞えはじめていた。人一倍神経の鋭い元雅が、そういうすべての風潮を感じない筈はなかった。

「父上には申し上げ難いことですが、わが一座の盛運はもはや父上の代で終ったのではないでしょうか」

ある夜、元雅から面と向って、はっきり言われたことがあった。返す言葉に詰っていると、元雅が癇性《かんしょう》らしい声をつづけた。

「父上は私に事あるごとに才能があると言って下さいますが、それは父上がその反対のことを感じていらっしゃる余り、御自分の不安を打ち消したくておっしゃるのではありますまいか」

「元雅、言葉が過ぎるぞ」

自分の顔が蒼白《そうはく》になっているのがわかった。

元雅はそれには言葉を返さず、すっと座を立って部屋を出て行った。その背の表情が、図星を当てられてうろたえている私を憐《あわ》れんでいるように見え、私は二重に傷ついたものだった。

おとなしく私の言うままに身を処して、兄の片腕になり、座の実務的な運営に力を尽していた元能も、兄と同様の目で、一座の運勢の行末を見つめていたのかも知れぬ。兄弟の間では「麒麟《きりん》も老いては駑馬《どば》に劣る」と目を見合せて、「このころよりは、おほかた、せぬならでは手だてあるまじ」と『風姿花伝』に書いた私の現在の老耄《ろうもう》ぶりを嘲《わら》っていたことであろう。

元雅の死が伝えられたのは、元能の出離から二年も経《た》たない時であった。この衝撃と悲痛な想《おも》いは、父の死を目前にした時より激しかった。椿は、連れ添った長い年月の中で、この時ほど悲嘆に暮れた私を見たことはなかったと、後で述懐した。

詳細はわからないまま、病死ではなく、殺されたと伝えられた時は、相手と刺し違えたいと悶絶《もんぜつ》したものだった。南朝のため、秘《ひそ》かに暗躍していたというあらぬ風評が立ったりしたが、それこそ全くの誤報であった。

元雅は本来争いは好まなかった。争うような情熱がなかったというのが正しいだろうか、常に心が醒《さ》めていて、人世も斜めに眺めていた。元雅の作能が当代類のないほど、秀《すぐ》れているのに、舞台での芸に、今ひとつ人を酔わす幽艶《ゆうえん》さに欠け、音阿弥元重にその点一歩をゆずるのは、心の醒めすぎているからなのだ。

聞き馴れた逆縁の、真の悲嘆が、これほどのものとは想像も出来なかった。
私は元雅を弔《いた》むというより絶望の淵《ふち》から自分を引き上げるために、憑《つ》かれたように一文を書きあげていた。

「根に帰り古巣を急ぐ花鳥《はなとり》の、同じ道にや春も行くらん。
げにや花に愛《め》で、鳥を羨やむ情《なさけ》、それは心ある詠《なが》めにやあらん。これは親子恩愛の別《わかれ》を慕ふ思ひ、やる方《かた》もなきあまりに、心なき花鳥を羨やみ、色音に惑ふあはれさも、思へば同じ道なるべし」

書く片端から涙があふれて文字を滲《にじ》ませ、また書き直しを繰り返す。花は散り、鳥は古巣へ帰って行く自然の運行は、きまり通りに繰り返され、今年の春も、これまでの春と同じく暮れて行くのであろうか。私にとっては、これほども色褪《いろあ》せたかつて経験したこともない暗い春だというのに。涙をふるって書き継ぐ。

「さても去《さんぬる》 八月一日の日、息男善春（元雅法名）、勢州安濃の津にて身まかりぬ。
老少不定《ろうしょうふじょう》の習ひ、今さら驚くには似たれども、あまりに思ひの外なる心地して、
老心身を屈し、愁涙袖《そで》を腐《くた》す」

ああ、善春よ、元雅よ、なぜ死んだ。この老残の駑馬となり果てた父に、かかる悲痛をなぜ与えた。

せめて一月前に自分が死んでさえいれば、逆縁のもたらすこの悲哀も、骨を刻むごとき苦悩も知らずにすんだものを。

「さるにても善春、子ながらも類《たぐい》なき達人として、昔亡父此道《このみち》の家名を受けしより、至翁（世阿弥道号）又私なく当道を相続して、いま七秩《しちちつ》（七十歳）に至れり。善春又《また》祖父にも越えたる堪能《かんのう》と見えしほどに、『ともに云《い》ふべくして、云はざるは人を失う』といふ本文（論語）にまかせて、道の秘伝奥義《おうぎ》ことごとく記し伝へつる数々、一炊《いっすい》の夢と成りて、無主無益《むしゅむやく》の塵煙《ちりけむり》となさんのみ也《なり》」

子ながら類なき達人と讃《ほ》める親の痴愚を、人嘲《わら》わば嘲え。こう書くことで、どうにか平衡を保つ心が立て直ってくるのだった。亡父観阿弥の死によって、二十二歳で家名を引き継いでから早くも歳月走り過ぎ、私は七十歳の老を迎えてしまった。元雅、お前を天才観阿弥をも越えた優秀な技術の持主と思えばこそ、この中楽の道の奥義のすべてを、残りなく書きものにして伝したことも、今では夢となってしまい、無益なものとなってしまったではないか。

はじめに『風姿花伝』を、弟四郎に伝えてしまったことを、秘かに悔い、道に反していると承知しながら、お前にも伝えたくて、別に書き改めたものを直伝してある。それ以来、私の書きついできた芸論のすべては、次の世代の観世を背負う棟梁としてのお前に伝えたくて書いたものだったのに。あれもこれも、お前の死で、すべては夢の中の煙となってしまった。何という芳醇《ほうじゅん》な無駄をしてしまったことよ。

「今は残しても誰《た》がための益《やく》かあらむ。『君ならで誰にか見せん梅の花』（色をも香をも知る人ぞ知る）と詠ぜし心、まことなる哉《かな》。

しかれども道の破滅の時節当来し、由《よし》なき老命残て、目前の境涯にかゝる折節を見る事、悲しむに堪へず。あはれなる哉。孔子は鯉魚《りぎょ》（孔子の子）に別れて思《おもい》火《のひ》を胸に焚《た》き、白居易《はくきょい》は子を先立てて枕間《まくらのほとり》に残る薬を恨むと云《いえ》り。

善春、まぼろしに来たりて、仮の親子の離別の思ひに、枝葉《しよう》の乱墨を付くる事、まことに思《おもい》のあまりなるべし。

おもひきや身は埋木《うもれぎ》ののこる世に盛りの花の跡を見んとは

永享四年九月日　　至翁書

幾程と思はざりせば老の身の涙の果てをいかで知らまし
」

善春よ、元雅よ、お前に先立たれた後は、もはやわが観世の中楽の道は破滅するしかないのだ。まさか、この老の涯《はて》にかかる悲惨な境涯に落されようとは誰が想像し得たことだろう。孔子や白居易さえ、子供に死なれた時は、普通の人間と同じように嘆き悲しんでいるではないか。この自分の悲しみを書かずに居られようか。

自分が生きているかぎり、この悲しみは消えることはあるまい。涙がつきる時こそ自分が死ぬ日なのであろう。『夢《む》跡一紙《せきいっし》』に収めた一文こそ、逆縁の悲しみに狂う愚かな親の慟哭《どうこく》であった。

「苦しさや悲しさは、時が日にち薬となって、癒《いや》し忘れさせてくれると、慰めてもらいましたが、私には日と共に悲哀の度が深まるようで、一向に忘れる気配もございません」

後藤慎之介の声が私の回想をたち切った。長い回想も頭の中を駆けめぐる時はまたく間なのかもしれない。

「私もそうです。それでも私たちは苦悩を抱えたまま生きなければなりません。それが亡《な》くなった魂への供養《くよう》になるのです」

「いっそ出家して弔うだけの日を送りたいとも思う日があります」

慎之介の言葉が、あれ以来消息を断ったままになっている元能のことを思い出させた。

やっぱり、あれは元能だったのかもしれぬと、私に確信のようなものがこみあげてきた。

船がゆっくりと小浜の湾を離れ、東へ進路を取った時、いつまでも港の浜辺を走り、船に向って手を振りつづけていた禅竹の姿も霞《かす》んできた。これが見収めになるかもしれないと、強い瞬《まばた》きをして目を開き直した時、港から離れた山の中腹の大きな巌《いわお》の上に立った人影が目に映ってきた。旅姿の僧形らしき人影は海に向って合掌しているように見える。その時、船がゆっくりと傾いて進路を更に沖にむけた。

振り返って巌の人影を見直したが、さっきより遠くなった人影は、もう巌に生えた一本の木のようで、はるかにおぼろになっていた。

この三月ほど前から、私の目は時々霞みがひどくなり、焦点がぼやけるようになっている。書物が読み辛《づら》く、夜の読書や執筆は、疲れがはなはだしくなっていた。当然の老いのしるしであろう。

あの黒衣の僧がもしや元能ではなかったかと頭をかすめた時、自分の女々しさを嗤《わら》う声が体の奥にひびいていた。日が経つにつれ、霞みはじめた老の眼に映ったものは、人影でも僧形でもなく、単に巌に生えた一本の樹《き》であったのだろうという想《おも》いの方が強くなっていた。

後藤慎之介は、何を想うのか、船端に倚《よ》り、移り行く風景に目を当てている。

「おお、ご覧なせえ、白山だ」

船頭の声に、指さす彼方《かなた》を見ると、陸の彼方の空に雪をかぶった白山がほのかに見えている。折から、こまかい五月雨《さみだれ》が降って風景に紗幕《しゃまく》をかけた。

船は今、越前と加賀の間の東の海を渡っているのだろう。白山の麓《ふもと》の村へは父と共に旅興行に出かけたこともある。間近に見る白山は、他の山とさして変りはなかったが、こうして東方の海上から遥《はる》かに仰ぐと、何と美しい尊く見える山であったことか。

消えはつる時しなければ越路なる
白山の名は雪にぞありける

私の好きな『古今集』の中にある凡河内躬恒《おおしこうちのみつね》の歌が思い浮ぶ。藤原兼輔朝臣《かねすけあそん》の、

君が行く越の白山知らねども
雪のまにまに跡は尋ねん

は、自分の作った「花筐《はながたみ》」の中に引用している。あなたが住む越の白山はまだ知らないけれど、あなたがゆくままに、雪の降るままに、あなたの跡を訪ねて行こうという歌の他に、紀貫之《きのつらゆき》作の白山の歌も思い出される。

思ひやる越の白山知らねども

ひと夜も夢に越えぬ夜ぞなき

恋するあなたに逢《あ》いたいと思う夢の中で、まだ見ぬ白山を越えない夜もない、という貫之の切ない歌を思い浮べると、元雅がこの宝山の麓を舞台に、謡曲「歌占《うたうら》」を作ったことを思い出さずにはいられなくなった。

「歌占」では別れ別れになった父と子が対面する場面がある。

「げにや君が住む、越の白山知らねども、古《ふ》りにし人の、行くへとて、四鳥の別かれ、親と子に、ふたたび逢ふぞ、不思議なる」

と、劇的な場面を描写しながら、元雅は、「歌占」の中で、

「一生はただ夢のごとし、たれか百年の齢《よわい》を期せん、
万事は皆空《むな》し、いづれか常住の思ひをなさん、
命は水上の泡、風に従つてへめぐるがごとし、
魂は籠中《ろうちゅう》の鳥の、開くを待ちて去るに同じ、
消ゆるものはふたたび見えず、
去るものは重ねて来《きた》らず」

と謡《うた》い放っている。この時、元雅は近くしのび寄っていた自分の死の影には全く気づいていなかっただろうし、この曲を聞きながら、私自身、遠島の罪に流されるわが

身の将来を夢にも想像できないでいた。

消えた元雅にふたたび遭うことはないし、こうして故郷の地を去っていく私が、ふたたび、この海の路《みち》を帰ってくることはないであろう。船はその間も波を分け進む。

やがて珠洲《すず》の岬が見えてきた。

能登半島の突端にある珠洲は、佐渡へ渡る海路の要衝であった。

「能登の名に負ふ国つ神、珠洲の岬や七島《ななしま》の、

海岸遥かに映ろひて、入日を洗ふ沖つ波、

そのまま暮れて、夕闇《ゆうやみ》の、蛍ともみるいさり火や、

夜の浦をも、知らすらん」

船は、時折、港に泊ることがある。そこで積んできた荷を売りさばき、買い入れた品を船に移す。流人《るにん》を運ぶためだけの航海など無駄だと考えられていた。したがって流人船は、交易もしながら進むのである。

珠洲でも荷を下し、荷を積んで更に海路を進む。港で泊る時は水夫たちは交替で船を留守にすることもあるが、流人は決して陸には上れない。

後藤慎之介は、あれ以来、夜うなされることもなくなり、食も少しずつ胃に収りはじめて元気を取りもどした。

船が七尾湾に入った時は、夕陽が沈み夕闇が次第に濃くなる頃、港の方々に点在する漁り火《いさりび》が、まるで海に蛍が浮んでいるように見える。慎之介は、それを見ると、

「あの漁り火が亡き人の魂のように見えてなりません。あのどれが、妻か、子かと思うと……」

といって、すすり泣いた。先に慎之介に泣かれたため、私は喉《のど》まで突きあげていた涙を力を入れて呑《の》み込んだ。

振り返るまいとしてきた京の椿の白い顔が浮んできて切なかった。

ひとりになった椿は、私の旅だった後は、禅竹に引きとられ、大和の禅竹の家で養われている。二度とこの世では相まみえることもないであろう。

せめて、私の死後まで軀《からだ》をいたわり生きのびていてほしい。もし、椿の病いや死の報《しら》せを受け取ったところで、私は見舞うことも、弔ってやることも出来ないのだから。

毎日、似たような単調な海の上の日が過ぎて行き、夜昼休みなく進む船は、日一日と佐渡へ近づいていく。いつの間にか、月は弓張になっている。

ある朝、有明の波の彼方にひとむらの松の影がほのかに見えてきた。その下に岸辺の山影が影をひいている。

「あれはどこか」

と船頭に聞くと、

「あれこそ佐渡が島だ」

とこともなげな答えが返ってきた。

五月も下旬の明け方、船が着いたのは、佐渡の大田の浦であった。

小浜を出て二十日ばかり波の上にいたことになる。

ああ、ついに佐渡へ着いたのだ。

故郷のはるかさを今更のようにひしひしと胸に感じてくる。

三

船が大田の浦の入江に入り、二十日ぶりで、陸地をわが足で踏む。

船中ではせいぜい気をつけて足腰が衰えぬよう、閑《ひま》があれば、足踏みをしたり、腰をひねったりしていたが、やはり、足が地を踏んだとたん、軀《からだ》の重心を失って、思わず上体が前のめりに揺いだ。そこは長い稽古《けいこ》のおかげで、すぐ足腰の重心を整えて立ち直った。私より一足先に船から降りた後藤慎之介は足をふらつかせ、人が支える暇もなく前のめりに土に膝《ひざ》をついていた。

海上から眺めた松が岸を飾り、閑静なたたずまいのおだやかな渚《なぎさ》であった。人影も鳥影もない。一息入れてふり返ると、空の彼方《かなた》までひらけた海がはるばると望まれて、本土の影も見えない。京から佐渡までは、一千三百廿《にじゅう》五里と、たしか「延喜式」にあったことを思い出す。

はるばると流されて来たものかなと、改めて思う。

出迎えた土地の役人が慎之介に、この入江の一帯を郷名では松ヶ崎と呼ぶと教えている。その声が耳に入った時、元雅の作った謡曲「松ヶ崎」のことを思い浮べていた。

「山蔭《やまかげ》の、茂みを分る藪里《やぶさと》に、茂みを分る藪里に、

花　知られぬ梅の匂《にお》ひ来て、あらしぞしるべ松ヶ崎……」

と謡《うた》っていた元雅の声。私は音曲伝書の『五音』の中で、この曲を取りあげ論じている。

流されてはじめて踏む佐渡の土地が、「松ヶ崎」とは。ふと、肩のあたりに、亡《な》き元雅の掌の温《ぬく》みを感じたように思う。

佐渡の土を踏んでみて、自分はまさしく流人《るにん》なのだという感懐が胸に落ちた。

秘　罪なくて配処の月を仰ぐなど、うそぶいていたことを浅はかだったと自嘲《じちよう》する。現実は謡《うたい》や申楽《さるがく》の本のような創《つく》り話ではなく、厳しいものなのだ。

早速その日の宿と定められた海士頭《あまがしら》の家に投宿する。流人を送る役人、それを引取る役人や供人が泊るのだから、このあたりでも広い家構えなのだろう。

さすがに気が昂《たか》ぶって眠れない。久方ぶりの土の上で迎えた夜のせいか、枕《まくら》に京の

家と同じそばがらのつめられていたせいか、ふと、京の木屋のわが家の寝床にいるような気がして、廻りの闇《やみ》に目を凝らしている。

海に近い宿なので、波の音が枕の下に夜じゅう響いているように思ったが、実は宿は山ぎわの方にあり、聞えてきたと思った波音は、長い船旅の道中、耳の奥にしみついてしまったものの谺《こだま》のようであった。

脳裡《のうり》によみがえるのは、この年までに経験した事実の様々ではなく、この年までに自分で演じた舞台、他人の演じた舞台の数々の場面であった。人の死際《しにぎわ》には生涯の想《おも》い出の場面が疾風の速さで駆《か》け巡るというが、私の死際には、あらゆる過去の中楽や田楽の舞台が駆け巡るのではあるまいか。

自分の実人生の事実よりも自分の演じた、あるいは創った中楽の舞台の真実こそが、私の生きたという証《あか》しになってほしい。

「俊寛《しゅんかん》」の能を、今ならもっと切実に、情をこめて演じられたかもしれないと思う。人間の想像力の限界を今更のように思い知らされる。

帰京出来る日があるとは思えない気持が、佐渡の地を踏んで以来、妙な確信となって心に据ってきたのはどういうわけか。海の色は底昏《そこぐら》さを湛《たた》えて濃いが、空の碧《あお》さは不思議に透明で、京の霧のかかったような和らぎや優しさには遠い。しかし、目を凝らして見つめていると、透明すぎて冷い空の色の中に、不思議に心を酔わす神秘さを秘めている。人に依ればその冷徹さに拒絶されたような想いを抱くかもしれないが、私にはなぜか、その冷徹さがひりひり心にしみて、鬱積《うつせき》した憂悶《ゆうもん》に、一陣の風を吹き入れてくれた。

赦免されてふたたび京の地を踏めるかもしれないなどという、甘い僥倖《ぎようこう》の夢はきっぱり捨てよう。七十二歳といえば、もう充分生き過ぎた命ではないか。

父は五十二、大樹さまは五十一、准后《じゆごう》さまは六十九の享年《きようねん》で、元雅の客死は三十半ばであった。私の六十の出家以後の人生を余生と思えば、その後の十二年は思わぬ拾いものとも、厳しい天の劫罰《ごうばつ》とも受け取られる。

六十過ぎて『三道』『花鏡《かきよう》』『六義《りくぎ》』『拾玉得花《しゆうぎよくとくか》』『習道書《しゆどうしよ》』『世子《ぜし》六十以後申楽談儀《さるがくだんぎ》』『夢跡一紙《むせきいつし》』『却来華《きやくらいか》』『九位』『五音』『五音曲条々』などを書き残している。『申楽談儀』は、私の言葉を元能《もとよし》が聞き書きしたものだが、私が死んでいれば語れない言葉の数々だ。

その収穫は喜ぶべきこととして、六十過ぎても生きのびたために、わが一座の衰運を目《ま》の当りに見て、元重の新観世座の日の出の隆盛を目撃しなければならなかったではないか。更に何よりも頼りにしていた元雅の逆縁の死の悲痛を受けとめなければならなかった。

時には、二十二歳の私を残し、さっさと一座の全盛の中で他界してしまった父を、羨《うらや》ましく思った日もないではなかった。

自分の定命《じょうみょう》を教えられないことも仏の恩寵《おんちょう》であり、それはまた、劫罰でもあるのだろう。

私の六十歳の出家は、剃髪《ていはつ》もしない在家出家で曖昧《あいまい》なものであった。

思いもかけなかった佐渡での配処の余生こそ、真に再出家したつもりで身を持し、日々を修行のつもりで生きてみよう。京での世阿弥は抹殺《まっさつ》して、沙弥《しゃみ》善芳として生き直してみよう。

元能が『申楽談儀』をまとめた時、奥書に、

「たらちねの道の契《ちぎ》りや七十路《ななそじ》の
　老《おい》まで身をも移すなりけん
ははそ原かけおく露のあはれにも
　なを残る世のかげぞ断《た》ち憂《う》き
　恩を棄《す》て無為に入るは、
　真実恩を報ずる者なり。

たち返り法《のり》の御親の守りとも
　引くべき道ぞせきな留《とど》めそ
　　永享二年十一月十一日
　　　志を残す為《ため》、秦《はだの》元能之《これ》を書く」

とあった。

〈わが父は七十歳の老年を迎えるまで、申楽の道に打ちこんでいるが、これが父の宿命なのだろうか。

わが母が私にかけてくれた慈愛の深さを思えば、出家しようと決意したものの、母との縁は断ち難く、今更に心が迷わされる。

家族への恩愛を捨て悟りの道に入ることが、真実の父母への孝養なのだ。ふり返ってみれば、今、父母を捨て仏道に入ることが、結局父母の上に神仏の加護を加えることになるのだろう〉

という元能の、まだ人情の尾を引いたままの気持が訴えられていた。

佐渡の第一夜を明かした朝、突如元能の『申楽談儀』の奥書を思い出したというのも偶然ではないのかもしれぬ。

元能が私の話を書きとめていた時、私は元能がすでに心密《ひそ》かに、出離の決意を秘め、私へのこの世の形見として、『中楽談儀』を残すつもりだったとは、一向に思いつかなかった。いつでも自分を主張しない地味で温厚な元能という人間を、私は七十すぎまで、ほとんど理解していなかったのかもしれぬ。もしかしたら、このように何も気づかないまま、大切な人や事態をぞんざいに見捨てて来たのかもしれぬ。

そうした迂闊《うかつ》に見過してきた様々なことも、これからの配処の暮しの中で、ゆっくり掬《すく》い出しておこう。

一見の後、火に焼いてほしいと、後書にあったのは、元能の謙遜《けんそん》と含羞《がんしゅう》だろう。私は思いつくまま、訊《き》かれるままに話したが、それは目の前の元能に答えるというより、一座を継いだ元雅に向って語り残しているつもりであった。

元能が、聞き書きをまとめて私に遺《のこ》し、突如、出家すると告げた時、衝撃の余り、内心思い留まってほしいと一瞬強く思ったのも、座の雑務を一手に引き受け手際よく処理していた元能に去られては、たちまち不便を来《きた》すだろうという心配の方が先立っていた。

まさか、それからわずか二年後に、元雅にまで去られようとは。

朝食のわかめの味噌《みそ》汁と炊《た》きたての麦飯が、長い船旅の乏しい食事に馴《な》れてきた舌に、思いがけない口福をもたらしてくれた。一夜干の干物の味も舌にしみた。

別の部屋で食事をとっていた後藤慎之介が食後見舞にきたので、食事の美味《うま》さを感謝すると、

「佐渡の役人の自慢話に、佐渡はよい米がとれ、水が格別美味いし、魚は豊富だし、とにかく食うに困らないだけ、人情が豊かなのだと申しておりました。他国からの人を迎え入れるのにも寛容なので、他国から訪れた人たちは暮しよいのだと言うのです」

流人というのを遠慮して他国人という慎之介の心配りが、かえってくすぐったく感じられる。

体の疲れはとれたかと訊《と》いただした上で、予定通り朝の出発を告げる。

慎之介は、私を佐渡の代官に引き渡したら任務から解放される。

ごたごたと小さな人家の建てこんだ大田の浦の海士の家並を分け入り、浦の背後の山路に入って行く。

一行は馬の背に運ばれていく。新緑のまぶしい山路は、さわやかな薫風《くんぷう》が案内してくれる。京から小浜《おばま》へ向った時、大原から馬で運ばれた道程を思い出す。五月のはじめで、あの山路の木々の葉はもっと瑞々《みずみず》しく浅緑《あさみどり》にふるえていた。

この佐渡の山路の緑は、京よりはるかに濃くなっていた。佐渡は北に大佐渡の山脈が走り、南の山脈を小佐渡と呼んでいる。われわれ一行の越えているのは小佐渡の山路である。二つの山脈に挟まれた平野が国仲《くになか》と呼ばれている。配処はこの国仲平野にある。

駒《こま》は山中の峠で一休みすることになった。馬子がここを「笠《かさ》かり峠」だという。馬一頭がようやっと通れるような細い山路を登りつづけてきたので、ここでふるまわれた一杯の湧水《わきみず》は咽頭にしみいるようであった。山の青楓《あおかえで》を通して見えるのは、遠くの山脈だけであったが、馬から降りて腰をおろした草の中に、名も知らぬ黄や赤の小花をつけた草が繁《しげ》っていて、紋白蝶《もんしろちょう》が、まるで歓迎してくれるかのように、私の体の廻りにひらひら舞いまつわるのが可憐《かれん》であった。人に馴れないので恐れも知らないのか、顔にまでまつわって舞う。

それに誘われてか、夏山楓の病葉《わくらば》さえ感情があるように、舞いたわむれている。そういえば京でも聞き覚えのある地名だった気がしてくる。あれは『古今集』か、

雨降れば笠取山のもみぢ葉は
　ゆきかふ人の袖《そで》さへぞ照る

こんな歌があった筈《はず》だ。

風取峠というのが、都の正確な呼名だそうだ。古く花山院が西国霊場を巡錫《じゅんしゃく》された折、都の醍醐《だいご》の峠を通過され、青楓の見事さに笠を取って賞翫《しょうがん》されたというので、笠取の地名になったと伝えられていた。

京の醍醐の山は山岳信仰の聖地として、醍醐寺が山頂にある。その清滝宮のお社の奉納申楽の支配権を持つ楽頭職こそ、私と元雅の二人であった。もっとさか上れば、父観阿弥が京への進出を窺《うかが》っていた時、醍醐寺での申楽興行をしたことが、その機縁になったのであった。

その清滝宮の楽頭職さえ、将軍義教《よしのり》に召しあげられ、それは元重の手中に移ってしまった。

地名一つで、一挙に様々な想い出が胸を駈け巡る。

一休みした後、下りになった山路をたどるうち、長谷《はせ》という観音寺のある村にたどりつく。川沿いに建つ寺を、これが長谷寺だと島の役人に教えられ、思わず愕《おどろ》きの声を洩《も》らす。父が信仰し、私の生誕にまつわる霊験譚《れいげんたん》を創りあげ、幼い私の心に叩《たた》きこんだことを、実に久々に思い出す。

「お前は観音の申し子ぞ」

という父のなつかしい言葉がよみがえる。

私を妊《みごも》った母が、三日間神隠しにあったことなど、いかにも父の思いつきそうな話だと今となっては、ほほ笑ましくさえ思い出されるが、同じ寺名で、観音を祀《まつ》る寺に、島に着いて、すぐ迎えられるとは、何という因縁か。

ここまで父の霊が見守り、導いてきてくれているのかと、心がやや軽くなる。それではじめて長い船路でも、この島にたどりついてからも、ずっと心を鎧《よろ》いつづけ、弱味を人にも自分にも見せまいと、無理に肩を張ってきたことに気がつく。大和の長谷寺の観音さまとは比べようもないが、同じ十一面観世音を拝ましていただき、茶を恵まれてそこを去る。

海では憔悴《しょうすい》しっ放しだった後藤慎之介は、陸に上ってからは急に気力を取り戻し、島の役人の手前も一応威厳を示している。

道中も細々と気づかってくれ、疲れはこたえないか、休息の取り方が少なすぎはしないかと、しきりに訊いてくれる。

佐渡の地理をよくわきまえないので、今、自分がどこを歩いているのか一向にわからない。人に言われた通り、地名や川の名を記憶するだけだ。

日の出のあと、すぐ大田の宿を発ち、陽が落ちてからは案内の者の松明《たいまつ》の明りを頼りに進み、辿《たど》り着いたのは雑太郡《そうたごおり》の新保《しんぼ》という所であった。平安の頃に農民が開拓した土地だという。国仲平野に入ってからは馬の歩みもおだやかであったが、終日の強行軍に、さすがに馬も人も疲れ果ててきた。

ここで、国の守《かみ》の雑太城主本間泰重《やすしげ》の代官が、後藤慎之介から流人《るにん》の私を引取った。形通りの流人引渡しの儀式があり、その後、また出発して近くの万福寺という寺に運ばれた。ここが私の配処の宿であった。

後藤慎之介は万福寺まで私を送り届けてから、自分の宿所の代官邸まで帰っていった。目に涙を湛えて、慎之介は言葉も出せずうなだれている。かえって私が励まし背を押してやらねばならぬ気持になった。

薄い月明りの中に遠ざかっていく慎之介の背を見送りながら、この男ともこれが見収めになるのだろうと思う。

万福寺は流人の配処にされたのは初めてらしく、万事に迷惑そうであった。人手もない貧乏寺なのだろう。

それでも本堂裏の一間が専用に与えられた。

さすがに終日の旅の疲れで、配処での第一夜は、前後不覚に眠ってしまった。人は、どんな悲哀の時でも苦悩の最中でも、眠ったり、食べたりすることが出来る動物なのだ。

小僧の叩く木魚の音に目を覚まされる。顔を洗って本堂に行くと、小僧の読経《どきょう》は終っていて誰もいなかった。昨夜住職から、

「御本尊は、薬師如来《にょらい》であらせられます」

と聞かされていた。厨子《ずし》にも入っていない薬師如来の木像が立っていられる。安物の香の煙がその御前にゆらめいている。

この島に渡ってはじめて昨日拝んだのが長谷寺の観世音だった。つづいて拝ませていただくのが薬師如来である。無心になって掌を合せ、薬師の真言だけを、

「おん　ころころ　せんだり　まとうぎ　そわか」

と繰り返し唱えつづける。

神や仏が真実おわすものなら、ここまで悲痛な運命に老の身を落すものだろうかという不遜な想いが心の襞《ひだ》にからみついていたのが、真言の声がいつの間にか高くなるにつれ、心身が軽くなり、ふっと、神仏は人に耐えられない試練はお与えにはならないだろうという声が、胸の奥から湧き上ってきた。

寺の境内に出てつくづくあたりを見廻してみる。ここがはるばる流れついた自分の終《つい》の栖《すみか》となるところかと感慨をこめて点検する。

寺の背後には松が群立っていて、まだ来ぬ秋を誘うような涼しい山風が梢《こずえ》に訪れ、木蔭《こかげ》も涼しく遣水《やりみず》もすがすがしい。

苔《こけ》におおわれた岩垣は露や雫《しずく》にしめって滑らかで、どれほどの星霜を経たかとしのばれる。

薬師如来の霊験か、心の鎧がいつの間にか解き放たれて、与えられた運命に逆らわず、その波に無心に身をゆだねてみようという安静な気持になっていた。

つづいて声が自然に湧きあがってくる。

我之名号《がしみようごう》の春の花、
十悪の里までも匂《にお》ひをなし。
衆病悉除《しゆうびようしつじよ》の秋の月、
五濁《ごじよく》の水に宿るなる。

この寺に身をゆだね、いつかはここが終の栖となり、やがては奥津城所《おくつきどころ》となるのかと思い定めても、意外に心が軽い。

それにしても、夜毎《よごと》に仰ぐ月だけは、追われてきたはるかな都の空にもかかる月と同じかと思い、それが、老いの寝覚めの唯《ただ》ひとつの慰めになるとは切ないことである。

兼好法師の『徒然草《つれづれぐさ》』のはじめの方の段に、

「不幸に愁《うれ》へに沈める人の、頭《かしら》おろしなど、ふつつかな思ひとりたるにはあらで、あるかなきかに門さしこめて、待つこともなく明かし暮したる、さるかたにあらまほし」

というのがある。まさに今の自分の境涯こそ、不幸に愁へに沈める身と呼ばれよう。すでに十余年も前に、在俗とはいえ出家の身になっている。今更、わが身に起った理不尽な非運を大げさに嘆いてみせず、ひっそりと門を閉ざして、将来また訪れるかもしれない幸運などに期待しないで暮す様こそ、あらまほしい身の処し方であろう。

なぜ兼好が突然それを書きこんだのか、おそらく身近に、不幸に堪えきれず、嘆き悲しんでいる人を見たのだろう。超然とかまえて、どんな不運や不幸に見舞われても、表面静かに暮せたら、たしかに美しく見えるかもしれない。私もかつては、徒然草のこの段を、そうだ、そうだとうなずいて読み流していた。

しかし、老いの身で元雅の逆縁に遭い、元能にさえ出家という形で見捨てられ、そのあげく、文字通り罪無くして遠島の刑を蒙《こうむ》った今は、この一文が昔のように、すんなり胸に収りかねる。

この文のあとには、顕基中納言《あきもとちゅうなごん》の、罪なくして配処の月を眺める心境が望ましいという言葉が書き記されている。顕基中納言は、お仕えしていた後一条院の崩御に当って、自分も潔《いさぎよ》く出家をとげ、大原に隠棲《いんせい》してひっそりと暮したという。その身の処し方のすがすがしさが、貴族の理想の像だと尊敬を集めたという話も、他の書物に書かれていた。

この人は元来、たいそう趣味の高い人で、朝夕、琵琶《びわ》をひきながら「罪なくして、罪を蒙り、配処の月を見たいものだ」と歌っていたという。

この心境も風雅と聞えるが、顕基中納言は、生涯配流の運命などには無縁であった。もし、今の私のような経験を強いられたとしたら、こんなことばがのどかな琵琶に乗るだろうか。

老の寝覚に、つい、昔から同じ運命に遭った人々を指折り数える癖がついてきた。菅原道真《すがわらのみちざね》、源高明《みなもとのたかあきら》、小野篁《おののたかむら》、在原行平《ありわらのゆきひら》、業平《なりひら》、物語だけれど光源氏、京極為兼《きようごくためかね》、日野資朝《すけとも》、畏《おそ》れ多くも後鳥羽《ごとば》院、順徳院、崇徳院《すとくいん》等々……国外に例をとれば、白居易や、蘇軾《そしよく》がすぐ想《おも》い浮べられる。

この人たちも、罪名はつけられても、本人の心では「罪なくして」の想いが強かっただろう。

時の勢い、流れには、人の力では抗し難い。亡父の口癖にした男時《おどき》、女時《めどき》に身を任せ、わが身の非運を嘆かず溺《おぼ》れず、ただひっそりとひとり耐えて暮すのを佳《よ》しとして、この閑静というより侘《わび》しすぎる寺で、これから自分の非運を道づれに暮して行くしかないと、肚《はら》をくくる。

規則正しい寺の暮しと、つつましい食事のせいか、気がつくと体調も整い、心に鬱《うつ》屈《くつ》していた固い凝りのようなものも、いつしか融《と》けて消えていた。

体を弱らせないために少しずつ寺の廻りを歩くようにする。誰もいない畠《はたけ》に出ると、自然に謡《うたい》が咽喉《のど》からあふれ出る。声を出すことが何よりの健康の元だと思う。肚の底から出す声が、まだ聞くに耐えるというだけでも有難い。

ある日、気分の好《よ》さにひかれて、つい遠出してしまった。

珍しく集落があり道で出会った老人に尋ねると、

「ここは八幡の里で、雪の高浜と土地の者が呼ぶところに八幡さまのお社がありますよ。他所《よそ》から見える旅の人はみんなお詣《まい》りされます」

と教えてくれる。百姓とは見えない身なりも整った楽隠居風《ふ》情《ぜい》の人だ。教えられた方に進んでいくと、西の方に入海が見え、渚《なぎさ》の白砂が砂丘をつくり雪を置いたように白く見える中に、一群の松林がこんもり茂っている。

六月の陽ざしは強いが、風は爽《さわ》やかで、歩き疲れた汗も乾いている。

松林の中の八幡宮は、よく掃除も行き届き、参詣者《さんけいしゃ》も少なくないたたずまいであった。ここはその昔、歌人として名高い京極為兼の配処の跡だと聞かされる。私の参詣の気配に、社の奥から姿を現わした神主が、馴《な》れた口調で為兼がいかに歌人として秀《すぐ》れていたかを述べる。

私は為兼が伏見院の命を受け、ひとりで撰者《せんじゃ》になって編んだ勅撰集『玉葉和歌集』を愛読していた。『玉葉集』は十四番目の勅撰集だが、その革新的編集に於《お》ても、編まれた歌の清新さに於ても目を見張るものがあった。二十巻、二千八百余の大勅撰集を、ひとりの責任で仕上げたというだけでも、京極為兼の非凡さが証明される。これまでの勅撰集には見られなかった身分の低い階層の者たちの歌もどしどし採っているのも革命的であった。

もちろん、対立する二条派からは激しい非難と嫉妬《しっと》を真向から受けたが動じなかった。

二条派の微温的な旧態依然の旧風に挑戦して、新風の魅力を遺憾なく発揮し、中世の歌の新鮮さで世評も納得させてしまった。「万葉に還《かえ》れ」という考えを持っていた為兼の選ぶ歌は、観察が緻密《ちみつ》で、清澄《せいちょう》で冷徹な感動を与えてくれる。

枝にもる朝日の影のすくなきに
　すずしさ深き竹の奥かな
露重る小萩《こはぎ》が末はなびきふして
　ふきかへす風に花ぞ色そふ
とまるべき宿をば月にあくがれて
　あすの道ゆく夜半の旅人
空《むな》しきをきはめをはりてその上に
　世を常なりとまたみつるかな

静かに沈静しているような体裁を取りながら、どの歌も作者の想いがはげしく凝縮しているし、主張がはっきりしているので、能の台本の中には取り難かった。結局私は、一首も為兼の歌は自作の台本の中に採り入れていない。

それにしても一人で勅撰集を編んだのが佐渡流謫《るたく》から帰ってからだというのには、目覚ましいものがある。

為兼が中流貴族の中でも出自が低いとか、庶子だとか、何より佐渡流罪の過去を持つ者とかいうことをあげつらって、勅撰集の撰者には不適格だと非難され、反対されたが、反骨心の強いこの人物には非難の矢をすべてはね返す強さと自信があった。

生前は歌人としてより、優秀な政治家として活躍していた為兼は、七十九年の生涯に二度も流謫の憂目《うきめ》に遭っている。一度めは四十五歳の時で、陰謀の疑いで六波羅に捕えられ、佐渡に配流された。

『徒然草』に、二度めの、六十三歳の逮捕時のことが記されている。

「為兼の大納言《だいなごん》入道召し捕られて、武士《もののふ》どもうち囲みて、六波羅へ率て行きければ、資朝卿《きよう》、一条わたりにてこれを見て、『あな羨《うら》やまし、世にあらん思ひ出、かくこそあらまほしけれ』とぞ、いはれける」

そういわせるほど、捕えられた為兼の面構《つらがまえ》や態度の豪気さに打たれ、この世に生きた証《あか》しにはこういう態度でありたいものと、資朝がたたえた逸話が載っている。

その資朝も九年ほど後に、同じく佐渡配流になっているのも奇《く》しき因縁というべきか。私のこの世に生れてもいない時の話だ。

自分の思いがけない佐渡配流が決ってから出発までの二月あまりの日々に、私は精力的に、同じ運命に遭った先人たちのことを調べたのだった。中でもおいたわしさ限りもない順徳院と、政治家で歌人の京極為兼に心惹《ひ》かれた。

このあたりは海岸砂丘地が展《ひら》けたところで、早くから塩の生産を行っていたらしい。

昔の「延喜式」には、諸国の流人は、良賤《りようせん》男女、大小を問わずに日に一升の米と一勺《しゃく》の塩があてがわれ、翌年の春がくると耕すべき土地と種があてがわれる、とあった。

流人とはいえ、為兼のような貴族が、まさか塩の生産の仕事をしたとは思えないが、漁師の仕事も、百姓の業も、ここで身近なものとして見ていたのだろう。

私は島に上陸した翌日、土地の役人から、流人心得なるものを申し渡された。それには、島に滞在中は、自分の生計のために、何の仕事についてもよいとあった。絶対してはならないことは、島の外への逃亡であると、きつく申し渡された。

今のところ、まだ京から持参してきた生活費がいくらかあるから、あわてて働くこともないが、やがてはそのことも心にかけなければならぬ切実な日もやって来よう。

　みの程に海士《あま》の業さへしられけり
　　からき塩やき世を渡るとは

という歌もある。佐渡を「あら海」と形容したのは為兼だと、いつか亡父が教えてくれたのも思い出す。

八幡宮で話好きらしい宮司から、面白い話を聞いた。都では初夏になるのを待ちかねて聞きたがる時鳥《ほととぎす》の声が、この島では山路は言うに及ばず、仮の流謫の家でも、近所の家々の梢にも、軒の松の枝でも、耳にうるさいほどしきりに鳴いている。

ところがこの八幡宮では、しんとして全く時鳥の声が聞かれない。不思議に思って

宮司に尋ねると、

「ここは昔の京極為兼卿の御配処です。ある時、時鳥の鳴くのをお聞きになって、

　鳴けば聞く聞けば都の恋しきに
　　この里過ぎよ山ほととぎす

と詠《よ》まれたら、その後、時鳥がふっつりと鳴かなくなってしまいました」

と答えたのだった。

花を愛《め》でて鳴く鶯《うぐいす》や、水に棲《す》む蛙《かえる》でさえ歌を詠むという。それならば、時鳥も同じ鳥類だから、どうして心がないといえるだろうか。

「落花曲旧りて、郭公《かっこう》はじめて鳴き、
名月秋を送りては、松下《しょうか》に雪をみると、
古き詩にもみえたれば、おりを得たりや、
時の鳥、都鳥にも聞くなれば、
聲《こえ》もなつかしほととぎす、
たゞ啼《な》けや、啼けや、老の身、
われにも故郷を泣くものを、
われにも故郷を泣くものを」

思わずこんな謡が口をついて出てきた。気強く自分の心を支えていたつもりなのに、先人の時鳥の歌を聞くと、抑えていた望郷の想いが、突如として堰《せき》を切ったように湧《わ》き出してきた。ただ啼けや、啼けやと社頭に繰り返すうち、心の底の鬱屈がふき出してきたのである。何も気づかぬ社人に頭を下げ、涙を気づかれまいと、私は足早にそこを去っていた。

またの日、今度は泉の里へ出かけてみた。

ここは人家が西の山の方に甍《いらか》をならべた集落で、新保や八幡などとは比較にならない活気のある賑《にぎ》わったところであった。ちょっとした都と呼びたいような情景であった。ここそは、同じ流人の身の上でも一天万乗の御位を極めた帝《みかど》の配処の跡だからであろうか。

西の山の麓《ふもと》に集っている人家の間を山の方へ少し登っていくと、順徳院の配処といわれた黒木の御所跡に行き当る。その南隣に地頭の館、泉城がある。それに隣り合って、地頭の菩提寺《ぼだいじ》正法寺が建っている。

このあたりが泉の中心部であるらしい。

ここを順徳院の配処と書きとどめたのは、今から八十年ほど前に佐渡に渡った時宗

八世の渡船上人《しょうにん》が、

「泉といへる処《ところ》は順徳院の御陵也《ごりょうなり》。十苦を捨ておもはざる遠島に移らせたまひぬれど、朽せぬ御名残ありければ、御十念したまひて」

と記しているからだ。

「くちはてぬその名も今はこけの下に　君もむかしもさぞなかなしむ」

という歌もつけ加えてある。

順徳院の配流される原因になった承久《じょうきゅう》の乱というものも、すでに二百年も昔の歴史の彼方《かなた》に霞《かす》んでしまっている。

歴史や故実に委《くわ》しく、またそれを調べることの好きであった亡父観阿弥から、聞かされていなければ、私は興味も覚えなかっただろう。

「これは能になるいたましい話だが、何しろ畏れ多い雲の上の事実だから、うかつに書くことも出来ない」

と、幾度も私に話していた。

後鳥羽上皇は、かねて北条幕府を倒そうとして、御子《みこ》の土御門《つちみかど》上皇や、順徳上皇と、秘《ひそ》かに討幕の計《はかりごと》を進めていた。その結果、兵を集めて討幕の旗をあげたものの、一たまりもなく打ち破られてしまう。わずか一ヵ月で乱は平定された。

後鳥羽上皇は隠岐《おき》に流刑となり、数日後には順徳上皇の佐渡流刑が決る。

二人の上皇の流刑が決ったあと、企てには消極的で、結果的には加わらなかった土御門院には、幕府のとがめがなかった。それなのに土御門院は、御自分から望んで南国土佐へ流されている。父院が流されたあと、自分ひとり都に残るのは不本意だと考えられたからという。

土佐から後、阿波《あわ》に移って、その地で亡《な》くなられた。温暖な気候の人情に篤《あつ》い土地で、比較的おだやかに過されたようである。

阿波で八年の謫居《たっきょ》生活を送り、享年《きょうねん》三十七になられていた。

隠岐配流の後鳥羽上皇は、十八年間隠岐で過ごされ、六十歳で崩御されている。

三人の中で最も遠い佐渡に流された順徳院は、在島二十二年目に、自ら四十六歳の御命を絶たれるという凄絶《せいぜつ》な死を選びとられたとか。

順徳院の行在所《あんざいしょ》だったという黒木の御所跡を訪ねる。黒木とは皮つきのまま、削らない丸木で、行在所は黒木で造られるという故事に基づいて呼ばれたらしい。

山際《やまぎわ》にあるその遺蹟《いせき》は無慚《むざん》に荒れ果てていて、ほんの形ばかりの粗末な門が半分朽ちながら辛うじて立っていた。背をのばして奥を覗《のぞ》きこむと坂道になった左右に雑木が乱立して生い茂り、雑草がわがもの顔にのさばり、木々の枝からは名もわからぬ蔦《つた》や忍ぶ草が簾《すだれ》のように垂れ下っている。とてもこれが上皇とも呼ばれたお方の行在所の跡とは思えない。傷《いた》ましい荒廃の極みであった。それでも、順徳院がたいそう愛されたと伝えられている桜の木が何代目のものか、青々と葉をつけているのが目についた。青葉の瑞々《みずみず》しさにかえって痛ましさがつのるのであった。

まだ流人となったばかりなのに、朝晩揺れ動く自分の不安定な心情にひき比べて、二十二年もの歳月、ここに蟄居《ちっきょ》され通した院の御心中を思いやると、涙がふき上げてくる。

亡父観阿弥も、島での順徳院のお暮しぶりについては未知のようで、それ以上の話を聞いていない。

すでに夏の日ざしの強い中を歩き廻って、さすがに疲れたところに、夕立がきたので傍の目立つ大きな寺へ駈《か》けこみ、本堂の軒を雨宿りに借りる。

そこが正法寺であった。次第に雨脚の激しくなる夕立の上るのを、軒先に身を寄せて待っていると、寺の奥から姿を見せた大がらな六十前後の住職が、寺に上れとすすめてくれる。

さっぱりした態度のこだわりのない言葉つきに、出家させてもらった大和の補巌寺《ふがんじ》の二世竹窓智厳《ちくそうちごん》禅師の風貌《ふうぼう》を思い起し、なつかしくなった。

冷い茶をすすめてくれながら、

「もしや世阿弥どのではございますまいか」

と訊《き》かれる。そうだと名乗ると、

「やはり、そうでしたか。この辺りではお見かけしない都風の御様子なので……実は、まだ内々のことですが、守護所の方から、世阿弥さまを近く、万福寺から、こちらへお移しするという報《しら》せがありまして、そのことにつき、すでに二、三度話しあっております」

全く思いがけない話なので戸惑いながら、今日半日で、心惹かれるようになった泉というこの地に移れることが嬉《うれ》しかった。

「若い時に数年、都で修行した折、二度ばかり勧進能の桟敷《さじき》を覗いたことがあります。こんな面白いものは、取りつかれたら修行の障《さわ》りになると思い、それ以後は無理にも観《み》るのをやめました」

と呵々《かか》大笑する。今の私の境遇に格別同情らしいことも言わないので気が楽である。

今日訪ねた黒木の御所跡の話をしかけ、もし、院の御最期《さいご》について、伝え話など聞けないものかと問うと、即座に、

「それなら、ひとり語り部のような老婆《ろうば》が居ります。順徳院の御事については、何も書いたものは伝っておらず、下々の者の虚実さまざまの噂話《うわさばなし》だけが語り継がれております。どこの里にもある例ですが、代々語り部を受けついでいる者がおります。生れつき盲《めし》いており、そのせいか、物覚えがめっぽうよくて、代々聞かされていることを、こと細かに語ります。

どの程度真実かは保証の限りではありませんが、まず聞いてごらんになるとよろしいかと思います」

「それは願ってもないことです。ぜひその人に引き合せて下さい。今日は一まず万福寺へ帰りますが、改めて、二、三日中には伺います」

「その者は、按摩《あんま》をして身すぎをしております。これがなかなかの腕で、結構忙《い》しがっています。拙僧も時々かかりますが、明後日約束しています。その日にお出でになれば便がよいかと存じます」

「必ず参上します」

と約束して寺を辞した。

雨はいつの間にか止《や》んでいた。

西空に傾く華やかな夕陽を見ると、島に上って以来、心の底にわだかまっていた重い鬱屈《うつくつ》もとけるような気がしてきた。やはり、朝夕拝んでいる観世音や薬師如来《にょらい》が……いやそれにも増して亡き父と元雅の霊が、この身を護《まも》ってくれているのだという実感が湧いてきて、ここでも生きて行こうという勇気が静かに心にみなぎってくるようであった。

約束通り、ふたたび泉の正法寺に出向くと、丁度語り部の按摩の療治が終りかけていて、待つほどもなく老婆に引き合せてもらった。

目は閉されているものの小柄な躰《からだ》つきはしっかりと背筋も伸び、顔の色も艶々《つやつや》しい。

療治のついでの昔語りは気が散って、頭も手もおろそかになるからと、療治の終った後、裏の間で庭に向いあって話を聞く。正座した薄い膝《ひざ》に置いた指が小さく拍子を取りはじめ、語り口には、自然に節がついていて、そのまま謡《うたい》にしたいようなところさえある。

「人の世の憂苦の種こそ、あらいたわしや、摩訶《まか》不思議なれ。一天万乗仰ぐも尊き大君にも、賤《しず》が伏屋の火宅にあえぐ民草にも、仏平等《ぶつびょうどう》の諭《さと》しに洩《も》れず、等しく訪れるこそ、あらいたわしや、浅ましや、あな恨めしや。仏平等説如一味雨《ぶつびょうどうせつにょいちみう》、随衆生性所受《ずいしゅじょうしょうしょじゅ》不同《ふどう》。

御覧《ごろう》ぜよ。仰ぐも尊き雲居の彼方《かなた》、花よ月よの宴に浮かれ、迦陵頻伽《かりょうびんが》の楽に酔いしれ、天女の歌舞を愉《たの》しみ給《たま》いて、極楽浄土もかくやとばかり、朝に夕に華やぎ給いしが、しのび寄り来る不吉の跫《あしおと》、気づかざりしは、帝といえど人の身の悲しさか、人の身の悲しさか。

時は承久三年なり。後鳥羽院様は鎌倉幕府の専横を憤《いきどお》り給い、倒幕の企てを練り、軍兵を集め給う。

されどいつしか密謀は、幕府の執権北条義時《よしとき》に洩れ、頃は六月《みなつき》十四日。鎌倉幕府の北条泰時《やすとき》、時房《ときふさ》は、遠江《とおとうみ》以東の軍兵十九万の大軍を率いて疾風怒濤《どとう》の勢いにまかせ、京の都へと攻め上り、またたく間に後鳥羽院様、順徳院様方の六万の軍を至る所に討ち破り、鬨《とき》の声天に轟《とどろ》かす。その間、わずかひと月なり。

後鳥羽院様秘かに練り上げし倒幕の御策、あえなくも覆《くつが》えさせられ給うなり。後鳥羽院様は畏《おそ》れ多くも隠岐の島に御遠島。順徳院様が、佐渡に配流の御沙汰《さた》。主上を臣下が遠島に処すなど、前代未聞《みもん》のことなりと、下々嘆き、世の行末をはかなみ申すこと多かりき。

順徳院様の異母兄にあたらせ給う土御門院様は、この企てには御意見異にし、加わり給わざりき。その昔父院より帝位を十四歳の弟君、順徳帝に譲らせ給いしことなど、口惜しく思《おぼ》し召されし故《ゆえ》か、はたまたおだやかなる御気質ゆえ、ただならぬ御計りごとには組し給わざりきか。下々の下司《げす》な憶測などなべてはしたなきものなり。笑止、笑止。

兄君に比して順徳院様は、御幼少より才気めざましく、何事にも果敢にあらせられき。

十四歳で即位されるも、後鳥羽院様の院政の許《もと》に置かれしため、政務より、趣味に生きられ、有職故実《ゆうそくこじつ》に於《お》きては、当代一の博識にてあらせらる。後鳥羽院様の歌才を受け継がれ給う。

七月二十一日に佐渡へ向けご出立なさる。

御供には花山院少将能氏《よしうじ》、左兵衛佐範経《さひょうえのすけのりつね》、北面左衛門大夫康光《さえもんのたいふやすみつ》、ほかに右衛門佐《すけの》局《つぼね》以下女房三人のみ。

御母、中宮、一品宮《いっぽんのみや》、先帝など多勢の方々に見送られ都を出で給う。悲痛の運命と別れの悲哀に互いに袖《そで》をしぼり給いき。

はるかな陸路の旅を続け、越後国寺泊の浦に至り給う。途中花山院能氏、病を得て帰京せり、範経また、寺泊にて病に倒れ、乗船すること適《かな》わず、あわれにもやがてその地に没したり。哀れなるかな、哀れなるかな。残る康光と女房のみ供奉《ぐぶ》し奉《たてまつ》る船旅の御心細さいかばかりなりしか。

承久三年八月十日には佐渡松ヶ浦に着き給えり。国司は御身を受け取りて、泉の御配処に送り奉る。

この時、順徳院様は、佐渡流謫《るたく》が二十余年に及ぶとはゆめ思し召されしや。

御配処の歳月の中に、皇女二人、皇子一人供奉の女房を御母として御誕生。されど御三人とも夭折《ようせつ》さる。

御兄土御門院様と御父君後鳥羽院様の崩御の報せを、島にて聞こしめし給いけり。愛別離苦会者定離《あいべつりくえしゃじょうり》は人の世の定めとはいえ、かかる遠島に流離遊ばされ、便りさえおぼつかなきままに、再会の望みも絶え、お傷わしさ限りもなし。

さても御気丈の順徳院様も、御訃報《ふほう》の届く度、行宮《あんぐう》の隣りに建てられし阿弥陀《あみだ》堂に籠《こも》り給い、阿弥陀経あげ給うお声もとぎれがちに、過させ給いしとなん。十善万乗《じゅうぜんばんじょう》の御聖体にもかかる悲恨宿り給えば、女房たちもみな涙に打ちくれ、お慰め申し上げるすべもなかりき。

天の原、空行《そらゆく》月日、曇らねば、清き心はさりともと、頼むの雁《かり》の啼《な》く啼くも、花の都をたち放れ、秋風吹ばと、ちぎるだに、越路に生ふる葛《くず》の葉の、帰らん程は、さだめなし。

ながらへてたとへば末にかへるとも
憂きはこの世の都なりけり

寺泊を御出立前、中宮の御兄九条道家に送られし御文など思い出されては、あの時はいまだ都へ帰る一縷《いちる》の望みを抱きしことよと、ひとり暗涙にむせび給いしとなん」

住職が茶をさしいれてくれた折をしおに、語り部のかのというお婆《ばば》に休みをとってもらう。

「お役に立ちますか」

と問われて、

「いや、驚嘆いたしました。このように諳《そら》んじて、何のよどみもなく語られるのは、諸国を巡ってきましたが、ついぞ会ったこともありません。かのという名には何かいわれでも」

「さあ、観音がなまったものではありますまいか」

横からかの婆が口をはさむ。

「さようでございます。何でもわたくしの生れた時、母親が三日ほど神かくしに遭《お》うて、ぼんやりした様で、三日目にひょっくり帰りましたそうです。腹に宿ったは観音の申し子じゃとか口走り、家の者は気がふれたと思いこみ、奥の間にかくしておいたそうにございます」

私は、父から聞いた自分の出生の時の母の神かくしの話を思い出し、思わず微笑がこみあげてきた。こうした話は、全国どこの村にも一つや二つは残っているものらしい。父は興行先のどこかで耳にしたことを覚えていて、私に吹きこんだ作り話であったのだろう。

「それにしても、声がよいのは、どういう鍛錬の成果なのか」

「鍛錬などとそんな大げさなことは何も覚えておりません。ただ、いつの頃からか家に伝っております笛が一管ありますのを、海辺でひとり吹き鳴らすのが好きでございました。それで、息の出し入れを呑《の》みこんだのでしょうか」

「その笛、聞かしてはくれまいか」

「はい、それを去年の暮、人にくれてやりました」

「それは、またどうして」

「わたくしにも、按摩を習う弟子がいく人かおりまして、その中に、格別筋のいい女がいて、この女がまた、笛をたしなんでおり、それを聞いた時、すぐ、この女にわたくしの笛とわが家に伝えられた吹き方の秘法を授けてやりたくなりまして」

「ああ、津の浦の沙江《さえ》のことだな」

住職がすぐうなずいた。

「それはよいことをした。ついでに語り部の技も伝えてほしいものだな」

「さ、それは適いません。語り部は男に通じたことのない女でなければなれません」

「ほ、ほう、それは初耳だ。そういうものか」

住職がいたく驚いた顔をするのがおかしかった。

「ところで、世阿弥さまがこの寺にお移りになりますと、禅寺の雲水だけでは何かと不行届と存じますので、御身の廻りのお世話役にその女を御傭《やと》いなされては如何《いかが》でしょう。寺の背後に、父が晩年中気になってより病を養っておりました隠居所がございますので、そこで御自由に過していただけたらと考えております、いかがなものでございましょう」

「しかし、あなたに御迷惑がかかるようなことには」

「いえ、それは大丈夫です。こういういい方は失礼ですが、佐渡では流人の掟《おきて》が割合ゆるやかでして、たとえば、商いをしようが、畠《はたけ》を耕そうが、漁師になろうが許されます」

「島から逃亡さえしなければ、ですな」

「あ、御存じで……実はその通りです。ですから、書き物をなさろうが、謡を謡おうが、とがめだてはありません」
「何から何まで行き届いた御配慮、かたじけなく存じます。何分よろしくお願い申しあげます」
「それで一安心致しました。女の費用のことなら、御心配には及びません。都から見ればまるで嘘《うそ》のような値ですべてがまかなわれております。それに少し落着けば、寺で子供たちを集め、教えていただいても、いや、謡や能の手ほどきなど島人《しまびと》にしていただければ、この蕃地《ばんち》の文化も、向上するのではないかと、愚考いたしております」
そんな話のあとで、かの婆の語りが再び始った。
「われこそは新島守《にいじまもり》よ隠岐の海の
　荒き波風心して吹け
かの有名な後鳥羽院様の御製は、そのまま順徳院様のお心ならん。佐渡はあら海と誰が言い慣わしたるものか、海の色あくまで碧《あお》く暗く、人の魂を吸い取らんばかりの妖《あや》しげな色を湛《たた》え、唐土《もろこし》より吹きおこす風もあくまで強く猛々《たけだけ》し。

あわれなるかな順徳院様はこの侘《わび》しさを極めた僻地《へきち》にて、あたら二十二年の星霜を重ね給いぬ。

帰京の夢はいつしかお口にも上らせ給わず、人がおもねる如《ごと》く、いつかは、と申し上げれば、たちまち御気色《みけしき》険しくなり給う。

後鳥羽院様の和歌好みはつとに世に知れ、和歌を詠《よ》まれるだけでなく、二条殿には和歌所まで設けられ、『新古今和歌集』を編まれるほど御精魂を傾け給う。そのお血筋ゆえか順徳院様も和歌の御趣味は深く広く、そのお嗜《たしな》みが、配処の朝夕をいかばかりかお慰め申さん。

承久の乱の後、幕府は直ちに順徳院様の皇子、仲恭《ちゅうきょう》天皇を廃し、後堀河天皇の即位あり。

その後十一年経《た》ち、都では後堀河帝が退位されし後に、いよいよ順徳院様の皇子、忠成王の御即位かと噂《うわさ》さる。その噂が荒海を越え佐渡の配処に伝えられし時、順徳院様は新しき夢を抱かれぬ。されどその夢は無慚《むざん》に打ち破られ、帝位は、後堀河帝の皇子に落ち、四条天皇の誕生を見たり。

四条天皇は思いがけず早く崩御召されけり。

このたびこそ順徳院様の皇子忠成王の御即位との世間の噂が広まりけり。順徳院様の中宮の御兄九条道家が、忠成王を強く推されける由《よし》まことしやかに伝われり。
ついに遅き春の訪れかと、非運の流浪《るろう》の院様は、ふたたび心に虹《にじ》をかけ給う。
されど、その夢の虹も非情な運命の掌でかき消され、八十八代の帝位は、罪なくし
て自ら配処に赴かれし土御門院様の皇子の上に落ち、後嵯峨《ごさが》天皇即位遊ばさる」

かの婆の語り声はここに至って、哀切さを極めてきた。

七十二歳の老耄《ろうもう》の果に、思いも及ばなかった流刑に遭った自分の老の悲惨を、十善万乗の尊い御身、しかも二十五歳の若さで前途を断たれ、流人の辱《はずか》しめを受けられた苛酷《かこく》無残な院様の御運命に、比較するのも畏れ多いが、幸、不幸の判定は当人の感情次第なのだから、何とも判断の決め手がない。

限りあれば萱《かや》が軒端《のきば》の月も見つ
　知らぬは人の行末の空

という後鳥羽院の御製をかの婆はくり返し謡ってきかせたが、わが身の上に引きつけて、心にしみ通ってくる。

薪こる遠山人は帰るなり
　里まで送れ秋の三日月

という順徳院の御製を、京極為兼は自分の編んだ勅撰集《ちょくせんしゅう》『玉葉集』に採っている。その三日月の優艶《ゆうえん》な光は、歳月を経ても変らず、今も夜空にかかっているのに、人の住むはかない浮世の憂《う》さ辛《つら》さは、天皇であっても、為兼のように時を得た公卿《くぎょう》であっても、また、自分のような一介の申楽《さるがく》の役者であっても、平等に訪れるのか。

御子孫の御即位の夢もすべて断たれてしまい、かすかに残されていた夢も破れさったと覚《さと》られて以来、順徳院の生への執着は全く消え果て、生きようとする気力も失《う》せてしまわれたようであった。かの婆の声がつづく。

「存命はなはだ無益の由《よし》、叡慮《えいりょ》ありてより、御自ら食を断たれ、石を焼き、ひそかに御腫瘍《おんかぶれ》の上に宛《あ》てしめ給う。これ人知らざれば、二日かくの如《ごと》き間、御腫瘍増し、次第に御身体衰弱され給う。両左衛門康光、盛実、御臨終に先立って出家し、法衣を着して御前に祗候《しこう》し、相互に声高に念仏を唱えしめ給う。そのうち眠るが如く御気絶ゆ。仁治三年九月《ながつき》十二日、御年四十六歳のことなりき」

これ以上生きているのは無益だとは、何という絶望的なおいたわしい御叡慮であろうか。

新保の万福寺へ帰る道すがらも、順徳院の只《ただ》ならぬ御生涯のことが頭を離れず、ひいては自分の先行《さきゆき》が思いやられて、心が沈んでゆくばかりであった。

すっかり陽も落ちてから万福寺に帰りつくと、住職が待ちかねていたように迎えて、

「今朝、お出かけになったすぐ後に、地頭の館から役人が参って、御預り所を泉にお移しするようお達しがありました。何分手不足の寺で、御不自由ばかりおかけ申しあげたことをおわび申しあげます」

と丁寧に告げる。やはり、泉の正法寺で聞いたことは真実であったのかと納得がいった。

その夜は一種の安堵《あんど》と、いよいよ始まる流人としての将来への不安にさいなまれて、頭が冴《さ》え寝つけなかった。

それでもうとうとしたのだろうか。暁方の夢の中で、私は「俊寛」をどこかの能舞台で演じていた。

入道平清盛への謀叛《むほん》の罪により、共に鬼界が島に流された三人なのに、京から赦免船のもたらした大赦による赦免状には、丹波の少将成経《なりつね》、平判官入道康頼《やすより》の二人だけの名があげられ、俊寛僧都《そうず》一人、赦免の名前に洩《も》れていた。それと聞き、俊寛は狂乱して泣き口説く。

シテ〽こはいかに罪も同じ罪、配所も同じ配所、非常も同じ大赦なるに、ひとり

誓ひの網に漏れて、沈み果てなんことはいかに。この程は三人一所《いつしょ》にありつるだに、さも恐ろしくすさまじき、荒磯島《あらいそじま》にただひとり、離れて海人《あま》の捨て草の、波の藻屑《もくず》の寄るべもなくて、あられんものかあさましや、嘆くにかひも渚《なぎさ》の千鳥、泣くばかりなる有様かな。

地へ先に読みたる巻き物を、また引き開き同じ跡を、繰り返し、繰り返し、見れども見れども、ただ成経、康頼と、書きたるその名ばかりなり。もしも礼紙《らいし》にやあるらんと、巻き返して見れども、僧都とも、俊寛とも、書ける文字はさらになし。こは夢か、さても夢ならば、覚めよ覚めよと現《うつつ》なき、俊寛が有様を、見るこそあはれなりけれ……。

目が覚めたら、夢に泣いていたらしく、枕《まくら》も頬もしとどに濡《ぬ》れていた。

それからは眠気も覚めて、寝床の上に坐《すわ》り直してしまった。

波の音かと夢路に聞こえたのは、遠雷を伴った夜の雨であった。

陸を離れる船に取りすがり、情も知らぬ舟子どもに櫓櫂《ろかい》を振りかざし海に突き落そうと打ちかかられる俊寛の姿は、あまりの痛ましさに目を掩《おお》いたくなる。

この話を『平家物語』から謡曲にしたのは元雅であった。これは能になるとすすめたのは私だが、なぜか私は俊寛を書こうとすれば、体調を崩したり、指をくじいたりして筆が進められなかった。今にして思えば、自分の前途に俊寛の悲痛な運命を予感していたのであろうか。

元雅は、三日もかからず、この詞章を完成させた。私が曲をつけ、元雅が舞の振をつけた。

出来上がってはじめて二人で稽古《けいこ》をしてみた時、

地〽待てよ待てよと言ふ声も、
　姿も次第に遠ざかる沖つ波の、
　幽《かす》かなる声絶えて、
　　舟影も人影も消えて見えずなりにけり、
　跡消えて見えずなりにけり。

元雅はシテとして舞い収めると、うっすらと汗をした額を拭《ぬぐ》いながら、

「いい曲になりました。しかしこのシテはやはり私より、父上の方がはまり役ですね」

と笑った。日頃あまり笑顔を見せぬ元雅にしては珍しいこととして印象に残っている。

「実は俊寛を父上になぞらえて書きつづけました。父上なら、どう謡われるか、どう舞われるかと、ありありと目裏《まなうら》に浮んでいました」

そうも言った。元雅の作能はすべて暗い。どれも人生の沈静した暗鬱《あんうつ》な面を故意に掬《すく》いあげているように見える。急いで死ぬ人間は、それだけ自分の命の先を見ぬいているのだろうか。

生前の元雅の、艶《つや》のある中に冷たさの透《とお》った声が耳許《みみもと》にありありと聞えてきた。私はまだ夢の中にいるのだろうか。

地〽時を感じては、花も涙を濺《そそ》ぎ、
別れを恨みては、鳥も心をうごかせり、
もとよりもこの島は、鬼界が島と聞くなれば、
鬼ある所にて、今生よりの冥途《めいど》なり、
たとひいかなる鬼なりと、このあはれなどか知らざらん……。

この佐渡は鬼界が島の荒寥《こうりょう》よりはましなようだ。せめてそう思いきかせ、自分の不安をなだめつつ、何とかして、この島で生きのびようと改めて心に誓う。

よしや赦免の訪れが俊寛同様、最後までもたらされずとも、わが命の果てをしっかりと見極め、息をひきとるまで、新しい能を書き遺《のこ》してみよう。誰のために。そうだ、

もはや同族のため、観世の身内のためではなく、いつまでも後の世に能を観賞してくれるであろう見知らぬ有縁の人々のために。その寿福のためにこそ。

四

はい、さようでございます。わたくしが佐渡での世阿弥さまの御身廻りのお世話をさせていただきました者でございます。はい、名は沙江《さえ》と申します。どのような前世からの因縁でございましょうか、ついにその御臨終まで、身近くお看取《みと》りさせていただきました。

いいえ、もうお名乗りいただかなくても結構でございます。お師匠さまの、ごめん下さいませ、言い馴《な》れた呼方でこの後お話させていただきます。お師匠さまのお能の中にあらわれる「旅の僧」で結構でございます。

あなたさまが笠《かさ》をお除《と》りになられたとたん、失礼ながらどなたさまか、わたくしには判《わか》っておりました。お目許《めもと》から鼻筋にかけて、お師匠さまに生き写しではございませんか。

わたくしがはじめてお師匠さまに御引見させていただきました時は、お師匠さまがもったいなくも佐渡へ御配流《はいる》なされた年の秋でございました。七十二歳でいらっしゃいました。はい……わたくしは三十一になっておりました。

お師匠さまは何事もお見通しの不思議なお力を授かられたお方でございました。

「いつか必ず元能《もとよし》がここへ訪ねてくるだろう。その時は、何を訊《き》かれてもすべて答えてやってくれ。元能は出家する前、私から様々な芸談や、逢《あ》ってきた芸人の想《おも》い出《で》や、その舞台の出来、不出来の批評などをことごとく聞き書きして、『中楽談儀《さるがくだんぎ》』という一冊に纏《まと》めている。何事も事の決りをきっかりとつけたがる性格で、出家以後は、肉親との縁を潔《いさぎよ》く断ち、一度も逢っていない。

私が遠島になったのは、その後のことであった。おそらく元能の訪れるまで私の命は保てまい」

このようにおっしゃいまして、『中楽談儀』の内容を折にふれ、なつかしそうに、わたくしにまでよくお聞かせ下さったものでございます。

あなたさまのお見えになるこの日を、お師匠さまが死の影の迫ってきた中で、はっきり予感していらっしゃったことを、今さらのように空恐ろしくさえ感じられます。

はい、お師匠さまとの御縁は、最初の御配処の新保《しんぽ》の万福寺から、この泉の正法寺に移られてから間もなくでございます。ここの語り部のかの婆《ばば》さまからのお引き合せでございました。

お師匠さまはかの婆さまの語りがお気に召していたようで、よくお呼び寄せになってお聞きになられたそうでございます。それに婆さまは按摩《あんま》で身すぎをしておりましたので、その方でも御縁が深くなったと承っております。

わたくしも実は信濃《しなの》の方からこの島へ流れついた他国者でして、わけあってこの島で産み落した子をひとり抱えて、死物狂いで働かねばなりませんでした。それはもう、身を粉にして働き通しました。人様の着物の洗い張り、縫い直し、日傭《ひやと》いの畑仕事、浜の若布《わかめ》穫《と》り、使い走り……仕事を選ぶ暇もありませんでした。

そのうち、ふとしたことから婆さまと御縁が出来、按摩を仕込んでいただくようになりました。語り部の方も、見様見真似《みまね》で少しは語りかけましたが、こちらは未通の女でなければ適さないとの噂《うわさ》通り、物にならず仕舞いでした。按摩の方は婆さまの話では、筋がよいとのことでございました。

ある日、婆さまと正法寺の御住職さまから、世阿弥さまのお世話をするようにと命じられたのでございます。住み込みではなく、通いでございます。子供は十二になっておりましたので、一緒に参ってお寺の御用などつとめさせていただけるということでした。願ってもない有難いお話なので、喜んでお受け致しました。

はじめてお目見えした時のことでございますか。切れ長なお目で、ひたと正面から見据えられました時は、お目の底から金色の、はい、猫が暗闇《くらやみ》で目を光らせる時のような、金色に見える光が真っ直《すぐ》わたくしの顔に据えられまして、金縛りにあったような気が致しました。なぜかわたくしも目を伏せもせず、金色に光る不思議な目を見返していたのでございます。今から思えば、わたくしは目まで金縛りにあって、瞼《まぶた》を閉じることも出来なかったのでございましょう。

躯《からだ》の芯《しん》まで見透されたような鋭いお師匠さまの眼の光が、ふっと和らいだと思うと、

「苦労したね、可哀《かわい》そうに」

とおっしゃって下さったのです。そのお声の優しさと快さが、わたくしの躯を包みこんで下さったように思われ、十何年も男に触れていない、乾ききったわたくしの身にも心にも、たちまち潤《うるお》いがよみがえったような気分がいたしました。

はい、わたくしごとはお恥しいのですけれど、お師匠さまは、あなたさまの問われることには、何ごとも包み隠さずお答せよと御遺言なさいましたので申しあげましょう。御遺族の手前、名は伏せさせていただきますが、わたくしの殿も信濃からこの島

へ流人となって渡ったのでございました。

どのような刑の理由か、わたくし共下々の者には一向納得がまいりません罪名でした。何でも誰かの讒言《ざんげん》のせいだと聞きましたが、至って優しい気の弱いたちで、人に怨《うら》みを買うようなお人ではありませんでした。

その時、わたくしはすでに身ごもっておりました。それに気づきましたのは、殿が佐渡へ発《た》った三月あとでございました。

はい、わたくしはいわゆる側女《そばめ》で、れっきとした奥方さまがいらっしゃいました。もともと奥方さまのお付侍女として寺泊から信濃に参りお仕えして、格別のおいつくしみを頂戴《ちょうだい》していたのでございます。そのわたくしが、殿のお情けを受けるようになったことで、奥方さまのお気持が冷たく変られたのは当然でございます。まして降って湧《わ》いた御悲運に泣いていられる奥方さまに、身ごもったことなど、どうして申しあげられましょう。

死ぬつもりで、故郷の寺泊の浜辺に立ちました時、広い海を見ていたら、この海で死ぬなら、死んだつもりでいっそ佐渡へ渡ってみようと思いたったのでございます。晴れた日には海の向うに島影が望めた佐渡へは、泳いでも渡れそうに思えてきました。

それからは無我夢中で、何のあてもなく、ただ、一途《いちず》に佐渡へ行くことだけを思いつめ、死ぬ覚悟の決意と祈りが神仏に通じたものか、とにかく佐渡の土を踏むことが出来ました。

わたくしの着くのを待ちかねたように、すでに病み衰えていた人は死んで往きました。それでもわたくしの腹に熱のこもった掌を置き、子供の命を感じとってくれたようなのがせめてもの慰めになりました。

父親の顔も見られなかった子供も無事産み落しました。男の子でした。

佐渡の人は、どなたもおっとりしていて、他国者にも親切な方が多く、わたくしの境遇を憐《あわれ》み、何とか身の立つようにと、どなたさまも手をさしのべて下さいました。

はい、その間、縁談もいくつかございましたし、言い寄る男もほどほどにあらわれましたが、死んだ人の想い出が濃すぎて、そのような気には一向になれませんでした。

お師匠さまにもそのことを訊かれたことがございましたが、ただ今のようにお答えしましたら、黙ってうなずいて下さいました。


元能さまが本当にお訊きになりたいことはわかっていたが、わたくしは、それに気付かぬふりをして話をそらしてしまった。

世阿《ぜあ》さまとわたくしとの関わりの真実をお知りになりたかったのだろう。そういう間柄になったのは、息子の清晴《きよはる》が死んでからであった。

閨《ねや》の中では、お師匠さまとは呼ばず、世阿と呼べとおっしゃった。それは確かに我を忘れてお呼びする時には、口に易しい声音であった。あられもなく乱れながら、「世阿さま」と、わたくしは幾度くり返していたことだろう。

「恋に年の差はない」

と常にいわれるお師匠さまは、確かにわたくしに四十歳の年の差を、閨の中で感じさせたことはなかった。

はじめてお目にかかった時、何というお若さかと愕《おどろ》かされた。端整なお顔立は彫が深く、皮膚のなめらかさ、しみ一つない艶《つや》やかさ。まわりの七十歳以上の年寄に、こんな若々しい方は見当らなかった。お背はやや低い方で、全体に華奢《きゃしゃ》な感じがしたが、お軀は骨が強く、筋肉がしっかりして壮年のように堅かった。それは肌を合わせるまでもなく、わたくしは按摩をさせていただく度、着物の上から掌にしっかり感じとっていた。殊《こと》に腰から下のお丈夫さはお見事であった。さすがに長年にわたる能で鍛えたお軀だからかと、感嘆したら、これだけが、父観阿弥に勝ったものだとお笑いになった。

わたくしとお師匠さまがそういう仲になったのは、清晴の死がきっかけであった。

能の大成者世阿弥の最後の恋は、わたくしが相手ではなかった。お師匠さまは、わたくしが清晴をお前につれて行き、はじめて御挨拶《あいさつ》させると、はっと顔を引き締め、ひたと瞳《ひとみ》を清晴の顔に当てられたまま、息を吞《の》んでしまわれた。清晴は鋭い瞳に射すくめられ、他愛《たわい》なく目を伏せてしまった。

「息子の清晴でございます」

と申しあげたばかりなのに、しばらく清晴を視《み》つめられたまま、瞳も動かさず、

「名は何という」

と清晴に向ってお問いになった。

「きよはる、と申します」

やや震え声で、清晴がお答えすると、満足そうにうなずかれた。

「年はいくつになった」

それもさきほど申しあげてあったのに、お師匠さまは、清晴の声でじかにそれをお聞きになられたかったのであろうか。

「十二歳に相成りました」

やや落着を取り戻したのか、清晴がしっかりした口調で、お師匠さまのお顔をまともに見上げてお答えした。

「ほう、十二歳か……」

お師匠さまの口許に和やかな笑みが漂い、見たこともない柔和なお顔付になられた。

「私にも十二歳の時があった。はるかな昔のことだ」

お師匠さまは目を閉じ、顎《あご》をやや突き出すようにして、遠い時間に想いを馳《は》せるふうであった。

その頃、わたくしはまだお師匠さまの過去について、何も存じあげなかったので、この時お師匠さまが十二歳の時、今熊野で義満将軍に見初められた運命の日のこと、つづく栄光の日々を回想していられたことには気づかなかった。

十二歳の清晴は、わが子ながら美しかった。父親の美形を受けつぎ、父親よりも晴れやかで、逢う人ごとに、はっと肩を引かせるほどの美しさを持って生れていた。この美童を、佐渡で朽ちさせるのは惜しいと思いもしたし、子に欲しいと需《もと》められたことも再三であったが、どうしてもわが手許を離す気にはなれなかった。

男どうしの恋があるとは聞いていたが、わたくしの周囲にそれといわれる例をまともに見たことがなかったので、お師匠さまの清晴への特異な御執着ぶりに一驚し、とまどった。

清晴もわたくしと共に訪れるようにと仰《おお》せになり、それは拒み難い力を持っていた。

中楽の稽古《けいこ》に入るには少し遅れたが、今からなら間に合うとおっしゃり、それから本気でお稽古をつけて下さるようになった。わたくしも謡《うたい》を一緒にするようにとお命じになった。充分のお手当をいただいているので、それは拒み難かった。

わたくしの祖父は高麗から招かれた医者で、父もその術をついでいたし、漢学も一通り心得ていた。わたくしも六歳から意味も解《わか》らず漢文や漢詩の素読をさせられていたので同じ年頃の女人よりは、文字が読めた。

それを知られたお師匠さまは、自作の能を書きとらせて、家でも清晴に謡わせるようにといわれた。

清晴ははじめのうちは能の稽古を面白がって、結構熱心に楽しそうに稽古をつけていただいていたが、そのうち、稽古に行くのを億劫《おっくう》がり、何のかのと理由をこしらえては、明らかに逃げるようになってしまった。

お師匠さまへの言訳に窮して、本当のことをいうしかなかった。ただ、一番大きな原因については口が裂けても申しあげられない。

お師匠さまは、わたくしのくどくどしい言訳を、口をはさまず聞き終ったあとで、

「清晴に女が出来たのか、心当りはあるか」

思いがけないお言葉にわたくしは言葉も忘れてしまった。

「この間から気がついていたが、軀が変った、声も変った」

「まさか、あの子はまだ十二歳でございます」

「私も十二歳から人の寵《ちょう》を得た。十二歳は大人でも子供でもない、ということは、時と場合によって、大人にも子供にもなれるということだ。十二歳の少年の美しさは時分の花に過ぎぬ。極めて短い間の美しさだ。清晴は能を嫌いといったか」

「い、いいえ、家に帰りましても、ひとりで教えていただいたことをさらったりしておりました。ただ……」

「ただ、何といったか」

「能を習っても、能舞台もない佐渡で暮しの糧《かて》は得られまい。自分は早く金を稼いで、苦労しつづけている母を楽にしてやりたいなどと」

「優しい息子だ。それで何をしたいのか」

「船乗りになって、明《みん》に渡り、貿易で金儲《もう》けしたいなどと、突拍子もないことを」

「船乗りに知人がいるのか」

「はい、小さい時から可愛《かわい》がってくれていました仙吉という人に、今もなついております」

「仙吉は幾歳だ」

「さあ、たぶん、二十すぎかと存じますが、年など確めたこともありません。陽気な男っぽい、竹を割ったような人でして」

「その男が相手だな」

「ええっ」

わたくしは絶句した。ほんとうは清晴から、

「あんな爺《じじい》は厭《いや》だ。稽古の時、腕や背に触られると気色《きしょく》悪いよ。おれは仙兄《あにい》に惚《ほ》れているし、仙兄も俺のことを可愛がってくれている。近いうちに兄貴の乗っている船で明に行ってくる。母さんは心配しないでいいよ。うんと土産を持って帰るからな。簪《かんざし》や、刺繍《ししゅう》のいっぱいついたきれいな布などな」

とまで聞かされたのであった。どうしてそんなことをお師匠さまに言えようか。けれどもお師匠さまは、わたくしの口に出来なかった何もかも見抜いておしまいになった。

しばらく目を閉じて何もおっしゃらなかった。

その時のお師匠さまのお顔ほど、暗い悲痛な表情をされたのを後にも先にも見たことはなかった。急にめっきり老《ふ》けこんで見えた。竜宮城から持ち帰った玉手箱を開けたとたん、白髪の老人になってしまったという浦島太郎を、一瞬想《おも》い浮べてしまった。

七十二歳という年相応の、流人《るにん》という境遇のうらぶれた老人の素の顔と姿が、そこにあった。

わたくしはその時、はじめて、お師匠さまがひとつの恋を失われたのだということを納得させられた。しかもその心の痛手を負わせたむごい相手が清晴だったとは。

つい最近、お師匠さまから教えていただいた「恋重荷《こいのおもに》」の能が心に浮んできた。これは作詞、作曲ともにお師匠さまの御作だという。清晴には専《もっぱ》ら謡と舞を手取り足取りというふうに教えこんでいらっしゃるが、わたくしには折に触れて、能の筋書を物語としてことわけて話して聞かせて下さるのだった。

わたくしが字が読めると知られてからは、能本を見せて下さり、家事の閑《ひま》に読めともおすすめ下さった。能本と和歌と漢詩の資料だけは、島への少い荷物の底にしのばせてお持ちになっていた。

「恋重荷」は菊作りの身分の賤《いや》しい老人山科《やましな》の荘司《そうじ》が、お仕えしている宮中の高貴な美しい女御《にょうご》の御姿を一目見参らせてより、ひそかに及ばぬ恋をしてしまう。それが噂《うわさ》になりお耳にされた女御が、

「恋は上下を分かぬ慣らひ、かなはぬゆゑに恋といへり、かやうの者の持つ荷の候《そうろ》ふをかの者に持たせよ」

と仰せになり、重い巌《いわお》を綾羅錦紗《りょうらきんしゃ》で包み、これを「恋の重荷」と名づけて、適《かな》わぬ恋をする老人に、

「この荷を持ち、おん庭を千度百度《ちたびももたび》行き帰り巡《めぐ》るならば、老人の前に今一度、おん姿をあらわし、拝ませてやろう」

と伝えられた。

それを聞かされた老人は有頂天になって喜び、庭に置かれた美しい「恋の重荷」を持ちあげようとする。しかし重い巌を持ち上げる力は老の身にはすでにない。重荷はびくともしない。老人は必死になって幾度も幾度もそれに挑戦する。どうしても持ちあげられない。

「たれ踏み初《そ》めて恋の道

巷《ちまた》に人の迷ふらん

名も理《ことわり》や恋の重荷

げに持ちかぬるこの荷かな」

どんなに努力しても重い巌は老人に持ちあげられない。

ついに精も根も尽き果たした老人は、その場に空《むな》しく息絶えてしまう。女御の残酷な仕打を怨《うら》みながら恋死してしまう。

「あはれてふことだになくはなにをさて、
恋の乱れの、束《つか》ね緒《お》も絶え果てぬ」
ある夜、お師匠さまはわたくしひとりのために、この能を謡って下さった。
「よしとても、よしとても、この身は軽《かろ》し徒《いたず》らに、
恋の奴《やっこ》になり果てて、亡《な》き世なりと憂《う》からじ、
亡き世になすも由《よし》なやな、げには命ぞただ頼め」
お師匠さまの声は哀切で、適わぬ恋に憧《あこが》れたばかりに命を落す老人の悲恋の哀切さを謡って極りがなかった。
わたくしは賤しい老人の恋心がいとしく、涙せずにはいられない。適わぬ恋に命を捨てる人間の宿命が悲しく、涙があふれてとどまらなかった。
「あはれてふことだになくはなにをさて、
恋の乱れの、束ね緒も絶え果てぬ」
しゃくりあげて涙のとまらぬわたくしの膝《ひざ》に、お師匠さまは御自分の手巾《しゅきん》をさりげなく置いて下さった。
涙がおさまると、わたくしは気持の昂りの収まらないまま、お伺いしていた。
「お師匠さまのお能は、人の心の底を切り開いて、想いのかたまりのようなものを引

き出し、腑分《ふわ》けしているように見えます。それも、心の奥に秘めておきたい辛《つら》い切ない想いや、恥しい想いや、怨みがましい想いなどまで……なぜでございますか」

「この世の中で人間ほどいとしいものはない。人間ほど摩訶《まか》不可思議な生き物もいない。汲《く》めども尽きぬということばは泉ばかりの形容ではなく、人間の不可思議の深い心にこそふさわしい気がする」

とおっしゃった。

花「お師匠さまの能にはどうしてあんなに霊魂が出てきて、生きている人間以上に、なまなましい感情を訴えたがるのでしょう。お師匠さまは、ほんとうに人間のあの世での生《せい》を信じていらっしゃるのでしょうか」

調子に乗りすぎたと思った時、お師匠さまは、ちょっと鋭くなったまなざしでわたくしの目を正面から見つめられた。

秘「沙江は、亡くなられたお方、清晴の父上の魂《たましい》がないと思っているのかな」

と、問い返された。

「日によって、あるような、日によっては、こんな苦しい目にあっているわたくしたち母子を少しも幸せにしてくれないあの人の魂なんかあるものか、と思ってしまいます。でも、こうして島の皆さまから御親切にしていただき、思いがけなくお師匠さまにお近づき出来たのも、あの人がわたくしたち母子を護《まも》ってくれているからだろうかと心から有難く思う日もございます」

「神仏も地獄の鬼も幽霊も、すべて人の心が生みだすものだ。あると信じる心にはあるし、無いと思う心には見えない。しかも人の心というものは人間の数だけあって、同じものは一つもない。万人に共通なのは、どの心も恋をするということだ。人の心におこる恋のひとつずつを書き分ければ、物語りの種は尽きない」

「お師匠さまは男の方なのに、どうしてあのように女の心のさまざまがおわかりになるのでしょう」

「それは……人より多く、恋に流す女の涙を呑《の》みほしてきたせいかもしれぬ」

そうしたある朝、目が覚めたら隣の寝床に清晴の姿がなかった。

「母さんの涙を見ると門出の縁起が悪いので、だまって行きます。心配しないで」

と書いたものが残っていた。

清晴の乗った船は明に着く前に、強暴な嵐《あらし》に遭い難破してしまった。全員遭難し、清晴も仙吉もついに遺体は消え失《う》せてしまった。

その報《しら》せを受けた後、わたくしは正気を失い、気を狂わせてしまったらしい。あの子一人のために、どのような苦労も苦にもならず生きてきただけに、清晴の死はわたくしの軀《からだ》から精も根も尽き果てさせ、魂まで引き抜いてしまったのだろう。能には、子に別れて狂う母親がよく出てくるが、人間はあまりにひどい悲しみに遭うと、ほんとうに気が狂ってしまうものだ。

狂っていた間、わたくしがどのような恥しい姿をさらし、里をさまよっていたか、何の覚えもない。それは能の狂女のような、美しいはかなげな狂い方ではなかっただろうということだけは思いやられる。

いつも誰がどのようにして、毎夜、自分の小屋に引きつれて帰り、寝かせてくれているのかさえ知らなかった。

激しい落雷と稲光りの音に目を覚ました時、恐怖にすくむわたくしの軀をしっかりと抱き締めてくれる腕があった。真暗な中で、わたくしはその胸に取りすがり、再び襲ってきた雷鳴と稲光りから身を護りたいだけの一心で、いっそうひしと、その胸にしがみついていた。

男の掌が、わたくしの脅えで固くなった背を優しく撫《な》でさすってくれていた。温い湯に浸されているような、快さが全身を柔げてきた。

「怖くはない。私がいる」

それがお師匠さまの声だと突然はっきり判《わか》った。わたくしの狂気は、たった今の雷鳴で打ち破られ、正気が戻ってきたのであった。

そのことは、わたくしの恥らいの身のこなしでお師匠さまにもすぐお判りになったようであった。しかし、わたくしたちはそのまま、互いの軀に巻きつけた腕をゆるめようとはしなかった。

一度死んでいたわたくしをお師匠さまは生き返らせ、すっかり消えていたわたくしの身の内に女の火をよみがえらせ、ふたたびあかあかと燃え上らせて下さった。

長い間、黙りこんで、言葉を探していたわたくしに視線を当てたまま、その人は気長く待っていた。

「恋も秘すれば花だよ」

と、囁《ささや》いて下さったお師匠さまのお声と息の熱さが、耳によみがえってくる。

さようでございます。この島で、お師匠さまは誰からも尊敬され、親しまれていらっしゃいました。はじめは、都でも稀有《けう》な人気を得られた芸人だと噂《うわさ》され、さぞ高慢なお方ではあるまいかと脅えていた人々も、次第にお師匠さまの謙虚でおやさしいお人柄に心服していったようでございます。

お恥しい話ですが、わたくしの一人息子が、海で遭難して命を落しました。十二歳でした。何しろ、その子一人のために、あらゆる苦労に堪えて生きていたわたくしは、あまりの衝撃で気を狂わせてしまいました。お能には子を失い、あるいは子との別れが原因で狂女になった話が出てまいりますが、現実の狂女はあんなに美しく、可憐《かれん》なものである筈《はず》がございません。

狂っていたわたくしを、お師匠さまは身をやつして必ず近くから見守りつづけて下さったということです。正気が戻ってから、それを人から教えていただきました。お師匠さまにお伺いしても、そのようなことにお答え下さる方ではございません。

わたくしはその時からお師匠さまのお果てになる日まで、決してお傍を離れまいと、心を定めたのでございます。

淋しい者どうしが心を寄せあい互いの心と身を温めあった暮しは、おだやかといえば、おだやかでございました。

御承知かと存じますが、京の禅竹さまが、暮しのお金を充分お送り下さいまして、お師匠さまは、それによって御体面を保つお暮しぶりをされていらっしゃいました。

米も魚も、味噌《みそ》、塩まで、次から次へと島の人からの差し入れがあり、わたくしがまた気が小さく、つつましくつつましく暮しますので、ふたりの暮しの費えは、ほんに少なくてすみました。

わたくしが正気に戻ってからは、わたくしの足腰を鍛えてやろうというおつもりもあったようで、お師匠さまのお出歩きの時間が多くなってまいりました。わたくしの縫ったたくり袴《ばかま》を穿《は》かれ、島の百姓の夜なべに作った草鞋《わらじ》を履き、さっさ、さっさと背を伸して歩かれるお姿は、さすがに舞いで鍛えられただけに、うっとりするほどお見事でございました。

島に伝わる伝説を集めるため、その場所を訪ねたり、古老の話を聞いたり、好んで歩かれる寺や神社も多いのですが、やはり幾度でも繰り返しお立寄なさいますのは、黒木の御所跡でございました。

順徳院さまの御悲運にはいつまでたっても、あきらめきれない御同情を寄せていらっしゃいました。

承久の乱でお流されになったお三人の院さまが揃《そろ》ってお一人も御帰京になれず、島でみまかられたことを、お師匠さまは格別にお痛わしいと感じていらっしゃったようでございます。中でも順徳院さまは配処が同じ佐渡だったということで、また一しお身につまされる感慨がおありのようでした。

黒木の御所跡を幾度かお訪ねするうち、あたりの者たちも馴染《なじ》んできて、それまで口にしなかった話など、声をひそめて話すようになりました。

御配流《はいる》の時のお供の少なさにも驚かされましたが、女房たちははじめから二、三人で、その誰かがお産みした皇女お二人、皇子お一人も早々と島でお亡くなりになっていらっしゃいます。

京からお供した人々も、病を得たり、老い呆《ほう》けたり、御用に立たなくなってからは、島の民の賤《いや》しい者たちもお召しになり、御用を果させる御有様だったようでございます。その折にはその者たちに麗々しい官名を御宣下遊ばされたとか。その中の女房のお一人に御叡慮《えいりよ》浅からず、夜の御座《おまし》にもお召しになられ、只《ただ》ならぬお身になられたとかいう話も、ひそひそと語ってくれるのでした。

お師匠さまには、順徳院さまが覚悟の自決を遊ばされたということに、格別の想《おも》いを寄せていらっしゃいました。

ある日、黒木の御所からの帰り道で、ふっと独りごとのようにつぶやかれました。

「いつまで島に留まることやら、私に自裁するだけの胆力が、その時まで残されているだろうか。老い呆けて、自分の立場もわからなくなってしまったら……」

「不吉なことをおっしゃらないで下さいまし。お師匠さまは、まだ、まだ、島で能本を書きたいとおっしゃっていられたではございませんか。『金島書《きんとうしょ》』も、まだ書きあげてはいらっしゃいませんのに」

わたくしが、声を強くして申しあげますと、わかった、わかったというように、ただお笑いになって、お手を顔の前で振られました。

『金島書』はこの島に渡られる道中、若狭の小浜《おばま》を発《た》つ時から、泉に落着かれるまでを日記風になぞり記録された小謡集でございます。その場所を確かめられるため、改めて、島の同じ道中をたどってごらんになったりなさいました。

謡の一行にも、これだけの用意をなさるのかと、改めて驚かされたことでございます。

山路越は女の足では無理なのでお供いたしませんでしたが、長谷《はせ》の観音さまへは御一緒にお詣《まい》り致しました。

ここでは故郷の大和の長谷の観音さまを思い出されるせいか、ねんごろに拝されると、お気持も和まれるようでした。

佐渡へ着くまでは、内心、絶海の僻地《へきち》で人情も荒く冷たく、目や心を愉《たの》しませるもののない侘《わび》しい島であろうかと想い描かれていられたそうでございます。それが、島に馴染《なじ》むにつれ、刻《とき》も都とはちがった速度で、ゆるやかに流れるのが、次第にお心に適《かな》ってこられた御様子でした。ただその日、食べるために、他のことは考えられなかったわたくしの島暮しとは、およそ気分がちがっていらっしゃいました。

「都にいたら、聞きたくない話も耳に入るし、競いたくもないのに、競わねばならぬ立場に追いこまれることも多い。会いたくない人とも会わねばならないし、言わずもがなの追従《ついしょう》も口にせねばならぬ。ここではそういうこと一切から解き放たれている。何と気持の閑《のど》やかで爽《さわ》やかなことよ。幸も不幸も、自分で経験してみなければ、真実のことは判らないものだな」

その発見がさも一大事のように、真剣な口ぶりでおっしゃるのが、おかしゅうございました。

いいえ、どういたしまして。わたくしのお役など、何ほどのこともございません。お慰め申しあげるといえば、わたくしの方こそ、お師匠さまにどれほど慰められ、力づけていただいたかわかりません。ただ、わたくしが子供に死なれましてからは、それまでの御親切とはちがった深いおいつくしみを受けたように思われます。

竈《かまど》の前でひとり火を燃やしている折や、ほどきものや縫いものをしている時に、どうしても死んだ子のことが思い出されて、知らず知らず涙を流していることがございました。そういう折、背後から黙ってお師匠さまが肩を抱いて下さるのです。何もおっしゃらないけれど、その掌にこめられた優しいお心づかいが、しみじみと軀にも心にも伝ってきて、わたくしの冷い苦しみの涙は、あたたかな癒《いや》しの涙に変っているのでございます。

「人の世の苦しみの中で逆縁ほど辛《つら》いものはない」

と、よくお口になさるお師匠さまは、いつでも元雅さまのことをお胸の中から離されたことはございませんでした。清晴に死なれてから、お師匠さまの元雅さまへの想いの深さに、漸《ようや》くわたくしもたどりつけたのだと思います。ほんに、人は自分で経験してみなければ、幸も不幸も真実の味はわからないものでございます。

はい、ものを読まれたり、書かれたりしていらっしゃる時のお師匠さまのお姿が一番お美しく神々《こうごう》しく見えました。そんな時は、「無」になりきっていらっしゃって、お声をかける隙《すき》もございません。お茶などお持ちしましても、全く人の足音や気配にはお気づきにならないようでございました。しばらくしてそっと御様子を窺《うかが》いましたら、茶碗《ちゃわん》は元の位置に中の茶はすっかりさめきっております。

後ほど、その時のことを申しあげて、

「ああいう時は、お師匠さまの頭の中やお心の中はどうなっていらっしゃるのですか」

とお尋ねいたしましたら、

「鬼がとり憑《つ》いているのだ。書いている時、あ、今、鬼が来たなと思う一瞬がある。そうなると、自分は手を動かしているけれど、自分の手とは思えず、勝手に筆が進んでいく。頭の中は空っぽで、そこにやはり鬼が坐《すわ》りこんでいて、次々書くことを紡《つむ》ぎ出してくれる。そんな時、仕上った作はみんな出来がよい。どのような芸でも、鬼が、もしかしたら神かもしれぬが、そのような目に捕え難い虚《こ》空《くう》の宙にいます霊力のようなものが憑いてくれなければ、神技は発揮出来ないのではないか」

としみじみおっしゃいました。その時の、何か憑ものの落ちたような爽やかなお顔を忘れることができません。

「能の台本というか、詞章を案じている時は、深夜ひとりで机に向い誰の援《たす》けも借りられないまことに孤独な仕事だ。そのひりひりするような孤独が、言い表わせない快感をもたらしてくれる。しかし、その台本を舞台にかけ、観客に迎えられるまでの作業は、実に多数の人々と力を合わせて纏《まと》めあげ、磨きあげねばならぬ。その共同作業の経過には、また表現しようのない悦《よろこ》びを伴う。造る人々の情熱や、それぞれの特技が一丸となって強い美しい舞台を産み出す過程は、それに共に携った者でなければ理解出来ないだろう。本があって、演ずる役者がいて、囃子方《はやしかた》がいて、後見がいて、それを観賞する観客が揃って、完成させる舞台。自分が仲間の一員として融《と》けこんでしまう喜びは、ひとり筆をとっている時の孤独の喜びに勝るとも劣らぬ。私はその両方とも欲しい。人間というのは、とかく欲深いものよ」

とお話しになったこともございます。

望郷の念でございますか。それはもう、一日として都をお忘れになる日はございませんでしたでしょう。けれどもつとめて、都のことはお口になさいませんでしたし、思うまいとお心に誓い、それを実行されていたように思います。

一心に書きすすめられていて、ふっとお手が止った時、びっくりしたように、御身の廻りを見廻し、天井を仰ぎ、部屋の壁を打ち眺めていらっしゃる時がございました。そんな時は、きっと、京の木屋のお宅のお座敷で書いていたおつもりだったのだとお察し致しました。ふとふり返って、わたくしの顔にお目をとめられると、何だかすまなさそうなはにかんだ表情を浮べられたものでございます。

一番御不自由なさいましたのは、紙の不足でございました。佐渡にはほんとに紙が少のうございまして、お金を積んでも、無いものは集めようがございません。都の禅竹さまにも、御無心なさいましたが、すぐにはことが運びませんでした。思い余って、わたくしが家々の不用になった衣類や端切《はぎ》れを貰《もら》い受けたり買いつけたりして、白い部分を裁ち切り、洗いすすいで、布で紙の用をなすものを何枚も造り貯《た》めました。思いの外に、墨の乗りがいいと、お師匠さまに喜ばれました。わたくしに書きつけておけといわれたことなどは、みんなこの布紙に書いておきました。

禅竹さまへのお手紙などにはなけなしの貴重な紙をお用いになっております。禅竹さまからは度々お手紙や贈り物が届けられました。はい、その度、お師匠さまからは、お礼のお返事をさしあげていらっしゃいます。

たまたまわたくしがお世話させていただくようになってからしばらくして、お返事なさいましたのを、ふと写させていただいた布紙が残っております。これもおしのびするようすがの一つと、大切に持っておりました。御手紙は粗末ながら紙に御自筆で書かれました。能本は口にするため、音を伝えやすいようにとかで、片仮名で書かれることが常のようです。わたくしはそのまま写しましたが、あとから漢字まじりで写し直しました。読みまちがえているかもしれません。ふたつお目にかけますので、読みちがえがあれば教えて下さいませ。

ナオ／＼、ルスト申、旅ト申、
カタカタ御フチ、申
ハカリナク候《ソウロウ》
御ふミクワシク拝見申候。兼又《マタ》、此《コノ》間
寿椿《ジュチン》ヲ御フチ候ツル事ヲコソ申テ候へハ、
コレマテノ御心サシ、当国ノ人目しち、せひ
なく候。御料足十貫文、ウケトリ申候。又
フシキニモマカリノホリテ候ワハ、御目ニ
カカリ、クワシク申承候へク候。又、状に
鬼の能ノ事ウケ給候。是《コレ》ハコナタノリウ
ニワシラヌ事ニテ候。ケリヤウ、三昧《サンタイ》ノ外ハ
サイトウマテノ分ニテ候、力動ナントワ
タリウノ事ニテ候。タタ、ヲヤニテ候シモノ、トキ／＼
鬼ヲシ候シニ、音声ノイキヲイマテニテ候

シ間、ソレヲワレラモマナフニテ候。ソレモ、身カシユッケノノチニコソ仕テ候へ。メン〳〵モコノ能ノミチヲサマリ候テ、老後ニネンライノコウヲモテ鬼ヲセサセ給候ワン事、御心タルヘク候。マタ、コノホト申候ツル事共、タイカイシルシテマイラセ候。ヨク〳〵御ラン候ヘク候。フシキノゐ中ニテ候間、レウシナントタニモ候ワテ、レウシナルヤウニカヲホシメサレ候ラン。サリナカラ、ミチノ心ハ、メウホウシヨキヤウノ御法ヲタニワラフテニテモカクト申候ヘハ、道ノ妙文ワ金帋《キンシ》トヲホシメサレ候ヘく候。ナヲ〳〵ホウヲヨク〳〵守セ給へく候。

恐々謹言

六月八日　　至翁（花押）

金春大夫殿　参

「お便りくわしく拝見しました。また、私の配流《はいる》後に寿椿《じゅちん》を扶養して下さっていることについて、（先便にて）御礼を申し上げましたところ、この度はこちらにまで御配慮給《たま》わり、これにて佐渡の人たちの目にも恥しくないよう暮せます。お手紙と共に十貫文のお金、たしかに受け取りました。またもし、不思議なことがおこり、万一、都に帰れることがありましたなら、お目にかかって、くわしくお話し申しあげたいと存じております。

又お手紙に、鬼の能についてのご質問がありましたが、鬼の能は、わたしどもの流儀では知らぬことです。当流では、三体（老体・女体・軍体）のほか、応用風としては、砕動風までしか演じません。力動風のような荒々しい芸は、他流のやっていることで、観世流では関係ありません。ただ時々、父の観阿弥が鬼の能を演じました時に、声の迫力だけで鬼らしさを表現していましたので、われわれもまねて演じているのです。それも私は出家後になって初めて鬼の能を演じました。

あなた方も、この能の道の稽古《けいこ》がすっかり終った後で、老境に入ってから多年の経験の上で、鬼の能をなさることを心がけて下さい。

また、前々からお約束していた事どもを、大略書きしるしてお送りします。よくよく熟読して下さい。ここはあきれるばかりの田舎ですので、こんな粗末な紙に書いて、ずいぶん粗略に扱われたとお思いかもしれません。しかしながら、仏道では妙法蓮華経《みょうほうれんげきょう》のような有難い経文ですら、時によっては粗末な藁筆《わらふで》でも書くことがあるといいますので、能の道の奥儀《おうぎ》を書いて送るこの粗悪な紙を、金の紙とお思いになってください。

重ね重ね、能の芸道の決まりを今後ともよくよくお守りなさってください。

追伸、留守宅の妻といい、旅先の私といい、

両方とも、御扶養にあずかり、

お礼の申しようもありません。

恐々謹言

六月八日　　至翁（花押）

金春大夫殿まいる　　世阿」

お読み辛いのをお目にかけまして申しわけありませんでした。さようでございますか、大してまちがっていないといっていただき、ほっといたしました。

はい、都の金春大夫禅竹さまへは、度々お便りしていらっしゃったようでございます。もちろん、奥方さまへもその都度お便りをさしあげていられたことと拝します。奥方さまのことは大切にお胸にしまわれて、めったに他人などには話のたねにはされないというお心構えがありありと見られました。

お三人のお子をなした仲というだけではなく、もっと大切な、宝物のようなお想《おも》いがあったのではないでしょうか。

「さぞお美しいお方でいらっしゃいましょう」

とわたくしが何気なく申しあげた時、表情も変えず、

「年をとるにつれ、また出家してからも、美しさは衰えなかった」

と、大真面目《おおまじめ》におっしゃいました。それ以後、わたくしも奥方さまのことはつとめて話題にしてはならないと自戒してまいりました。お話の中では法名の「寿椿」さまではなく「椿」とお呼び馴れていらっしゃいました。その代りというわけではございませんが、元雅さまのことは、幾度でも同じことでも好んでお話しなさいました。子を失ったわたくしが、その話にはもっともよい聴き役になっていたのかもしれません。

吉野の天川《てんかわ》の天河神社の弁財天さまに、元雅さまの奉納された阿古父尉《あこぶじょう》の面《おもて》がございますね、えっ、御存じなかったのですか。それはあなたさまが御出家なされる年、

永享《えいきよう》二年十一月のことでございました。まあ、あなたさまが『世子《ぜし》六十以後申楽《さるがく》談儀』をお師匠さまにお渡ししたのが同じく永享二年の十一月十一日でございましたか。

この年は観世座にとっては大変な凶年に当っておりました。

はい、もうここまでお話致しました上は申しあげます。

実はお師匠さまは、後年、お目を悪くされ、ものをお書きになれなくなった頃から、どう思《おぼ》し召したのか、わたくしに語り部の役をお命じになられて、

「これから話すことは、すべておまえの頭に畳みこんでおいて、やがて元能か、禅竹が来島した時、すべてお話し申しあげよ」

と、お命じになられたのでございます。

わたくしはとてもそんな大役は出来ないと御辞退申しあげましたが、かのお婆《ばば》から、わたくしも少しは語り部の手ほどきを受けている筈《はず》だと申されます。

お師匠さまのお話によりますと、この年こそ、観世座が、三郎元重さまに次から次へと出演場所を奪われ、座の人気も、権威も、みるみる元重さまのお手に移ってしまう、敗北の年であったとか。

その年正月、仙洞《せんとう》御所で後小松院さまは元重さまの申楽を御観賞になっていらっしゃいます。これは義教《よしのり》将軍さまのおすすめになったもので、将軍さまも参院してこの

能を御観賞されております。

　もともと後小松院さまは、丹波の梅若を御贔屓でございました。そこへ無理にも元重さまをおすすめするというのは、義教将軍さまの元重さまへの格別の御寵愛《ごちょうあい》の深さを示す例となりましょう。

　こうした事柄からもお師匠さまは御自分の観世座、つまり、すでに元雅さまに棟梁《とうりょう》をお譲りになられている本家観世座が、分裂した元重新観世座に、実力も人気も奪われてしまったことを認めないわけにはいかなかったのでございましょう。

　かつて遠い昔に、十二歳の御自分に、時の将軍義満さまが一目で魅せられて目を奪う御寵愛を寄せられ、それがきっかけとなり、以来どれほど目ざましい発展を観世座がとげていったかを思い起せば、人力で防ぎようのない時の勢いというものを、つくづくお嚙《か》みしめになられたと話されました。

　この年二月には、南都の薪中楽《たきぎ》に元重さま一座が出演し、この時、元重さまの都合で、決りであった薪能の日取りを、主催側の興福寺が易々《やすやす》と改められたという事実も、お師匠さまは心外にお思いになっていらっしゃいました。

　自然、元重さまの新観世座の人気や勢いに目が奪われて、旧来の本観世座の人々にも動揺が生じ、また当然のごとく新座からの引き抜きもあって、有能な座員が櫛《くし》の歯の欠けるように、新観世座に移っていくという事態も生じたとか。それはたとい芸を頼りにしていても、人は食べていかなければならないものですから、収入のいい方に引かれていくのは無理もございません。その危機を感じて、お師匠さまが座員に対しておさとしの『習道書《しゅどうしょ》』をお書きなさいました。はい、諳《そら》んじております。

「中楽の一会《いちえ》をなす役人、面々、我一身習得する所を持て、心に又遠慮を持つべき道あり。一座成就《じょうじゅ》の感風は、連人の曲力和合なくば、道にかなふべからず。連人一同の具行揃《そろ》はずば、いかに面々其態《そのわざ》をよくなすと思ふ共、舞歌平頭の成就はあるべからず。さるほどに、自他融通の道を以《も》て舞歌をなす心を持つべし、我一力にて事をなすとは思ふべからず。一座棟梁の習道を本として、その教ゑのまゝに、芸曲をなす可《べ》し。其の条々……」

こういうことをお書きにならなければならなかったのは、この頃、一座の中で、一致団結していた前の気風が乱れ、演者や囃子《はやし》方《かた》の中でも、自分を目立たせようとする風がおこっていたからでございましょう。それを御心配になられたお師匠さまの苦衷が思いやられて辛《つら》くなります。ましてその後に、

「たとひ、棟梁の不足なりとも、それにつきても、力なき為手《して》として一座を持つ程の主頭には、殊別《ことわ》け、脇《わき》の為手従ふ可し」

とあるところなどは、お気の毒で涙を誘われます。これは一座の人々が、その時の棟梁元雅さまの芸に不足を感じていて、ともすれば達者な脇役者が、主役の為手をないがしろに、自分の芸を見せびらかせようとしていた事実もあったのでございましょうか。

お師匠さまは、心の底から元雅さまを御鍾愛《ごしょうあい》されていらっしゃいましたから、どうしても元雅さまゆかりの土地へお出かけにならずにはいられなかったようでございます。その頃は義教将軍の厳しい監視下にありましたから、目立つ行動もひかえなければならないとかで、お師匠さまはお身をやつされて、ひそかに吉野の奥へお出かけなさったそうでございます。

そのあたりは南朝の天子さまたちが落のびなされた土地柄なので、村の人々も、天子さまの従者の子孫にあたる人が多く、山深い田舎ながら、ゆかしい人たちが多かったと話されていらっしゃいました。

ここの天川の神社に、元雅さまが奉納された阿古父尉の面があると伝え聞かれ、矢も楯《たて》もたまらず、お出かけになったと申されていました。天河神社は弁財天を祀《まつ》られているお社だそうでございますから、やはり申楽者として芸のことをお願いになられたのでしょうか。

父尉の面はたしかに奉納されていて、その裏には元雅さまのお手で、

唐船《とうせん》

奉寄進

弁才天女御宝前仁為

允《じよう》之面一面心中本願

成就円満也

永享二年十一月 日

観世十郎 敬白

と書かれていたそうにございます。

お師匠さまがその面についてお話しくださいました。

「その面は、父から私に譲られたものを、元雅に譲ったものだった。私がそれを殊の外大切にしていたことを元雅は知っていた筈なのに、弁財天に奉納してしまったのは、よくよく心中本願なるものの成就を願っていたからだろう。言うまでもなく、外ならぬ神さまに奉納されたのだから、私としても文句のつけようがない。

心中本願とは何だったのか。やはり、当時のわが座の衰退が気がかりで、昔の第一線で輝いていた頃に戻してほしいことと、座の棟梁たる自分の芸が、もっともっと進歩して、誰にも文句なしに感嘆心服されるだけの実力をおつけ下さいと願をかけたのではあるまいか。私が座員の心の乱れや結束の弱くなったのを案じていた以上に、当の責任者である元雅が、それらのすべての現象を自分の責任として苦にしていたことは察するに余りがある。

『唐船』とは能の演目の一つで、唐人が俘虜《ふりょ》となって日本へ渡ってきた。男には、唐に二人の子供がいた。日本でもまた二人の子を成したが、その子を見るにつけ、唐に残してきた子供のことを想い出し、望郷の念にさいなまれていた。年月がたち、唐の子供が成人して父親を迎えに日本に渡ってくる。ところが日本の法律では、日本で生れた子供は唐へはつれ出せない。父親は望郷の念と、子供への恩愛の情の板ばさみにあって苦しみ、切なさに身を投げようとするが、気の利《き》いた主人のはからいによって、めでたく日本で生れた子供も共々引き連れて唐への帰国が適《かな》えられる。その旅の船中で、老いた父親は、喜びの舞を舞う、という筋書であった。

元雅はこの面をつけてこれを舞い里人に観《み》せた後で、直ちにこの面を奉納したのだろう。おそらく、その時の『唐船』の出来も、満足ゆくものに舞えたのであろう。われわれ芸人は、自分の芸が不出来だと思った時は、神に願をかけるような晴れがましいことは出来ないものだからだ」

とおっしゃいました。

お師匠さまは元雅さまの能本を書かれる才能を、御自分より秀《すぐ》れた面があるなどおほめになっていられましたが、能を書く才能と、演じる才能が同じでないことも認めていらっしゃいました。親として子贔屓になるのは当然ながら、

「音阿弥元重の舞台の芸は、天然の才能が自然に現れてくる自由さと闊達《かったつ》さがあった。それが観客の心をゆったりとさせ、寿福を与えるのだろう。

それこそはすべての演者が、厳しい稽古を重ねた末に辿《たど》りつきたいと願う境地だが、元重にはその天分が生れながらに具《そなわ》っていたとしか思えない。将軍をはじめ天下の観衆が、元重の能に魅せられたのは当然の成行だった。ただその結果が、わが本観世座にとっては衰退への引金になったことが不幸ということなのだ。

能のためだけを大局的に思えば、元重のような天性の能役者が生れたことは、喜ぶべきことなのだ。私の配流の理由に、元重が私の書いた伝書を欲しがって将軍にそれを取り上げさせようとねだったとかという風聞もあったが、そんなことは私は信じていない。

元重はそんな姑息《こそく》な手段を用いるような男ではない。もっと単純な人間で、欲しければ直接私にそれを要求する。能の解説書や伝書など必要としないのだ。そうしたものは父四郎に私が与えた『風姿花伝』で充分だったのだ。元重は一度も能を書こうなど考えたことはないだろう。あれは演じることが生甲斐《いきがい》であり、それが快楽でもあったのだ。

中楽は観衆に寿福を招来する呪術《じゅじゅつ》なのだ。元重はそういう意識さえ持たず、自然にそのような中楽を舞台で演じられた。

元雅はそれを私同様識《し》っていた。だからといって、元重に打ち負かされたなどとは思っていなかっただろう。能を書ける自分の才に誇りを持っていたからだ。

百年あとには、観阿弥の舞台も、私の舞台も、元重の舞台も、観た人は一人も居らぬ。評判の噂《うわさ》話も誰一人思い出す者さえないだろう。

しかし能の本は残っている。紫式部の『源氏物語』が、四百年も経《た》った今でも読みつがれ、人々を楽しませているのを見ても、書いたものの命は強い。父や私や元雅の書いた能本が残ってさえいたら、いつまた、それを演じたがる者が出ないとも限らない。われわれの書いた能本には、人間共通の愛とそれが巻起すさまざまの悲喜こもごもが書かれているからだ。また運命に翻弄《ほんろう》される人間の弱さも、それを撥《は》ね返して更に生きようとする人間の強さも。人は自分に引きつけてしかものが見えない。私たち三代が書いたものを、人はどんな時代が来ようと、自分のこととして受け取るだろう」

そんなふうにお話しになるのを私は全身を耳にして聴きとっておりました。いつか、それを誰かに伝えるためにと。

お師匠さまの本格的なお能を拝見させていただいたのは、一度だけでした。泉にある十社というお社で、敬信のためといわれて、ある日、わたくしと息子を伴い参拝されました。島に渡られて一年近くが過ぎておりましたでしょうか。神仏に深い信仰心をお持ちの方なので、泉で一番大きいお社に参拝なさるのは、はじめてではございません。この日ははじめからそのおつもりだったらしく、お社へも前もって申し入れ、御宝前で舞わしていただくと伝えてありました。

その日はお衣裳《いしょう》も申楽の役者らしく改められて、舞扇をお持ちになって出かけますと、お社から、奉能の噂《うわさ》がいち早く流れて、境内にはもう、一目都の名人の舞を観たいという人々がひしめいておりました。

神主のおはからいで、お社の境内に戸板を並べ敷き、舞台らしくしつらえてありました。

お囃子の用意も出来ず、わたくしの笛でどうにか調子をとっていただきました。
〽それ人は天下の神物《じんもつ》たり
宜禰《きね》が慣はしによりて威光をまし、
五衰の眠りを無上正覚の月にさまし、
衆生等も息災延命と、
守らせ給御誓ひ《たもうおんちか》
げにありがたき御影哉《みかげかな》
神のまに〳〵詣《もう》で来て、
歩みを運ぶ宮めぐり。
歩みを運ぶ宮めぐり。
謡《うた》いながら舞われる天下一の世阿弥を目の前に見て、見物衆はただうっとりと見惚《みと》れ聞き惚《ほ》れておりました。
お師匠さまのお軀《からだ》の中に、まさしく神が乗りうつられたように、お軀が光り物のようにまばゆくなっておりました。
そのことがあってから、島民のお師匠さまへの尊敬と愛慕の念は急に高まりました。
見知らぬ人々が、食物や日用品を次々さし入れてくれるようにさえなりました。

いつからお師匠さまのお目が見えなく、お耳が聞えなくなったのかとおっしゃいますか。

わたくしがお耳の遠くなったのに気づいたのは、ある春のことでした。お師匠さまの庵《いおり》に通い馴《な》れた頃でございます。縁側の庭先で洗濯をはじめた時、軒の七分咲の白梅に鶯《うぐいす》が来て鳴きました。まだたどたどしいささ鳴きでしたけれど、つづけて鳴くので、思わず縁側近くの机の前に端座していらっしゃるお師匠さまに、

「お師匠さま、鶯の初音です。ほら、まだささ鳴きですけど」

と声をかけました。聞えなかったのかお顔をあげません。鶯にはばかっていつもよりわたくしが声をひそめていたからかもしれません。

わたくしはお師匠さまのそばまで歩いていき、同じことを伝えました。それでもその姿勢が変りません。鶯が二羽になって、後からきたのが、もうしっかりした鳴き声を出せています。親子かもしれません。

とうとうわたくしは縁側ごしに腕をのばし、お師匠さまの机の上をとんとんと指先で叩《たた》きました。はじめてお顔をあげたけげんそうなお師匠さまに、

「鶯がほら」

と、梅の木を指さしました。まるでそれに応《こた》えるように親鶯がはりのある澄んだ声で「ほうほけきょ」と鳴いてくれました。子鶯もたどたどしく「けきょ、けきょ」とつづきました。

お師匠さまは、ぐっと目を凝らしていらっしゃいましたが、

「鶯が来てるね」

とおっしゃって、大きく梅の香の空気を吸いこまれました。また鳴きます。ほら、とわたくしが目でうながします。その時でした。

「鳴いているのか」

と、ぽつんとおっしゃったのです。わたくしは、はっとして、まじまじお顔を見つめてしまいました。聞えていらっしゃらないのです。そういえば、その頃、わたくしが話しかけても、お返事が返ってこないことが時々ありました。何か気を悪くなさったのかと表情を窺《うかが》いますと、おだやかな表情のまま、問いかけるようなまなざしをお向けになります。

その二、三日前にもありました。庭で見つけた蕗《ふき》の薹《とう》を煮つけたものを膳《ぜん》にのせ、酒の肴《さかな》にしたところ、美味《おい》しそうに召しあがるので、お酌をしながら、

「美味しいですか」

と話しかけますと、全く返事はなく、さも美味しそうな表情で、箸《はし》を蕗の薹にのばしつづけるのです。その時もおやっと思い拍子抜けしましたが、あれが聞えていなかったと思えばすべて納得がいきます。

もうその頃は、お互いに言葉はいらないほど、互いの要求や願望は察しあえるようになっていましたから、わたくしの方では暮しの上での不自由はさほど感じませんでした。わたくしの声はよく透《とお》る声質で、これまでも耳の遠い人に、喜ばれていました。それ以来つとめてお師匠さまには、張った声で話しかけるようにしていました。それでも危いので、ひとりでお出かけにならないように注意しておりました。

御自分でもある時、何かの拍子に、耳の遠いことに気付かれたらしく、

「私は聞えなくなっているのか、本当のことを話してくれ」

と真剣に問いつめます。

「はい、もう大分以前から御不自由にお見受けしておりました」

お師匠さまはわたくしの頭越に遠くを見るような眼《まな》ざしをなさり、黙っていらっしゃいました。そしてふっと口元に微笑を浮べられたのです。

「――そうか、そうであったか、沙江、私は最近、何とこの世は静寂なのだろうとひとり感じ入っていたのだ。自分を取り巻く快い静寂の中で、自分の軀も神経も、研ぎ

澄まされてきて、体内からも脳の中からも、膿《うみ》のようなものがすっかり抜きとられたような清浄な気分に包まれていた。

もしかしたら、いよいよ浄土へ渡していただける日が近づいたのかと、心に観音経をあげつづけていた。私は観音の申し子だから、死ぬ時も観音経の力強さに送られて幽冥界《ゆうめいかい》を越えてゆきたいと望んでいた。

しかし、あの静寂は、ただ私の耳が聞えなくなっていたというだけだったのか

お師匠さまは今まで聞いたこともない大声で、さも愉快そうに哄笑《こうしょう》なさいました。

「いいか沙江、何も聞えなくなるということは、森羅万象の放ったあらゆる声が、かえって聞えてくるということなのだ。七十三年のわが生涯に聞きとったすべての妙音がいっせいに軀の中になだれこみ、音の坩堝《るつぼ》の中に漂うということだった。

仏教の語に『出離者は寂なるか、梵音《ぼんのん》を聴く』という言葉がある。大和の補巌寺《ふがんじ》の二世竹窓智厳《ちくそうちごん》禅師から教えていただいた。出離者は心の煩悩《ぼんのう》の炎を沈静して、浄寂の境地にいる。乱れのない浄寂の心にこそ、梵音がおごそかに聞えてくるという意味だそうだ。

出離者とは出家した者。私も六十で在家ながら出家しているから出離者だ。寂というのはあらゆる煩悩の消えおさまった静かな状態をいう。梵音とは仏に関するすべて

の妙音だ。寺の鐘の音、仏前の鉦《かね》の音、木魚の声、読経《どきよう》の声、説法の声もすべて梵音だ。

いやそればかりではあるまい、私はその時師に訊《き》いた。春の小川のせせらぎ、小鳥の囀《さえず》り、松風の囁《ささや》き、波の声、生れてくる赤子のたくましい産声、相愛の男女の睦《むつ》みあうことば……あらゆる森羅万象の発する耳に心に快い音こそが梵音なのではあるまいかと。師はそうだとうなずいてくださった。

能の謡《うたい》もついには梵音でなくてはならぬ。観衆の耳や心に入り、心を寂にして法悦を与えるようになれば、生涯命を削って稽古《けいこ》に励んだ価値があるというものだ。私の耳は聴力を失って、かえって今、森羅万象の梵音に満たされてきた。何という悦《よろこ》びだろう」

お師匠さまは、わたくしという聴き手を忘れ、御自身に言い聞かせていらっしゃる御様子でした。

「おお、そうだ。沙江、久しぶりで笛を吹いてくれ」

わたくしはお師匠さまのことばに驚愕《きようがく》しました。

「以前はよく、沙江の高麗の笛を聞かせてもらった、あの曲でいい、吹いてくれ」

「でも……」

「心の耳に聞えるかどうか試してみたい」

わたくしは、すぐ笛を持ちだし、かつてよくそうしたように、お師匠さまの前に坐《すわ》って笛を吹きはじめました。

お師匠さまが好まれた高麗の民謡のような曲でした。わたくしが吹きつづける間、お師匠さまは目を閉じ、じっと耳を澄ませているような御様子でした。お顔は和やかで、かすかな笑みさえ浮べていらっしゃいます。

吹き終って笛を膝《ひざ》に置きますと、お師匠さまはすっと、目を開かれました。

「みごとであった」

「聞えていらっしゃったのですか」

「沙江、喜んでくれ。私の心の耳が、ありありと、沙江の笛を捕えていた。安心してくれ、聴力を失っても、心の耳は、昔聞いたすべての音を覚えている。まだ謡の曲もつくれるようだ」

わたくしは感極まって泣き出してしまいました。

「耳が聞えなくても書ける。雑音が入ってこなくて、かえって精神が統一出来る」

ともおっしゃって、机に向われる時間がいっそう長くなられました。

小浜から佐渡へ渡る船中、佐渡について泉に落着かれるまでを小謡の形で書いているのだとおっしゃっていました。

はい、わたくしはお書きになったものを、覗《のぞ》いたりしたことはありません。まるで修行僧のような厳しいお顔で書いていらっしゃるお師匠さまは、軀のまわりに厚い壁のようなものが張りめぐらされている感じで、とても近づけません。そっとお茶を持っていっても、全然わたくしの気配はお感じにならないほど、書くことに没頭していらっしゃいます。

それでも、お師匠さまの方からまれに呼んで下さり、お書きになったものを謡って聞かせて下さることもございました。

「そもそもかゝる霊国、
かりそめながら身を置くも、
いつの他生の縁ならん。
よしや我
雲水《くもみず》のすむにまかせてそのまゝに、
衆生諸仏も相犯さず、
山はをのづから高く
海はをのづから深し、

語り尽くす山雲海月の心
あら面白や佐渡の海、
満目青山、なををのづから、
その名を問へば佐渡といふ
金《こがね》の島ぞ妙《たえ》なる」

鍛えこまれたお声は力強く、若々しく、とても七十四歳の老人のものとは思えません。書きあがったのは、永享八年二月のことでした。

これを見ん残す金《こがね》の島千鳥
跡も朽ちせぬ世々《よよ》のしるしに

という歌が跋文《ばつぶん》の代りに添えられてありました。沙弥《しゃみ》善芳という法名を書きつけてありました。

金の島ぞ妙なるという佐渡が島への讃辞《さんじ》にこめられた、お師匠さまの島へのまるで故郷に対するようなあたたかな想《おも》いが伝ってきてほっといたします。少くともわたくしのお仕えした歳月の間、お師匠さまの暗いお顔付や運命への怨《うら》みがましい御感想をお見かけしたことも伺ったこともございません。

そのうちお目まで御不自由になられたことは、悲惨な出来事のように感じられる筈《はず》ですのに、それもまた、お師匠さまから不要になった衣類が一枚脱ぎ捨てられたような感じで、そうした負の運命が、一向にお師匠さまには傷跡を残さないという不思議が見られました。

お目の場合は、お師匠さまの方からわたくしに告げられました。

それは『金島書』の書きあがった翌年の冬のことでした。

かの婆《ばば》が中気で倒れ、二日後そのまま逝《い》ってしまったのです。

葬式の日は一晩中降りつづけた雪が止《や》み、虚《むな》しいほど晴れた冬空が広がっていました。葬式に出かける挨拶《あいさつ》にお師匠さまの居間に入りましたら、お師匠さまがお机の前に正座したまま、お顔の前に掌をひらひらさせて庭の方を見ていらっしゃいます。

お声をかけてもほとんど聞えなくなっておりますので、お側《そば》に寄りいつものようにお膝に手を置きました。

「沙江、あの氷柱《つらら》を、二、三本とってきてくれ」

と申されます。見ると正面の軒先に長い氷柱が、簾《すだれ》のように長短不揃《ふぞろ》いのまま垂れ下っておりました。

「氷柱を召し上りたいのですか」

どうせ聞えないと思いつつも、わたくしが思わずつぶやきますと、お師匠さまが、

「氷柱が透き通っていない」

とつぶやかれたのです。わたくしは茶器をのせていた黒塗の盆を持ち、軒の氷柱を二、三本折りとって、盆ごと机の上に置きました。

お師匠さまは、その氷柱をじっと凝視《みつめ》られ、掌に採りあげると目の前に近づけて、またしげしげと見直していられます。

「沙江には、この氷柱がすき透って見えるか」

はい、という合図に強くお膝を押しました。実際、その時は不吉な予感で声が出なくなっていました。

「氷柱が白く見える。この間から何となく世の中の風景に紗《しゃ》がかかったように見える。沙江の顔も、いつもどこか悪いのではないかと思うほど、くすんで見える」

「……」

「これは内障《そこひ》にちがいない。白内障《しろそこひ》ならまだましだが、青内障《あおそこひ》なら、やがて盲《めしい》になろう」

わたくしは言葉が出ず、背後に廻って、しっかりとお師匠さまの背を抱きしめました。

胸に廻したわたくしの掌に御自分の冷い掌を重ねながら、

「耳を病み目を病み、やがて死に至る。これが老いというものか」

とつぶやかれました。そのお声が妙に明るく爽《さわ》やかだったので、かえってどきっと胸が波立ったものでございます。

それから二年ばかりの間に、お目は全く盲いてしまわれました。眼病に効くという薬や、呪《まじな》いや、神社や寺々への願かけなど、あらゆることを試みました。眼病のつぼを圧《お》す按摩《あんま》も、おこたる筈はありません。どれも、内障の執拗《しつよう》さには勝てず、とうとうお師匠さまのお目は一筋の光も通さなくなられました。

ふたりだけにわかる指文字をお師匠さまが考案され、それで何とか心のすみずみまで語りあえるようになりました。お師匠さまは、わたくしより早く指文字を覚えておしまいになりました。それは御自分が考案なさったことですもの。お師匠さまはまだお声が出せますし、わたくしがそれを聞きとれていましても、わたくしのことばがお師匠さまに通じなくなった上、わたくしの表情も見えなくなったので、指文字がなかったら、それは不便なことになっていたことでしょう。

禅竹さまへのお文は、お師匠さまの話されることを、わたくしがお恥しい字で書いて用を足しておりました。

お金も紙も、お師匠さまの衣類も京から送っていただき、その都度、わたくしの代筆でお礼状を出させていただきました。お師匠さまのお目やお耳のこともすべて御報告いたしました。そうしないことには直筆のお文が届けられない言い訳が出来ませんでしたから。

わたくしの代筆の手紙が送られるようになってから、はじめて届いた禅竹さまからの荷の中に、お金や、紙や、お師匠さまの衣類の中に、わたくしあてにと、はなやかな絹の着物一揃いと、しゃれた織物の細帯が入っていた。奥方さまからのお心尽しだということであった。

若草色の着物の肩と裾《すそ》には桜の花と紅葉が染めだされていた。昔のわたくしならさぞ似合ったかもしれないが、島できつい労働をして、すっかり田舎じみてしまったわたくしには、とうてい着る時もないし似合うものではなかった。

笑いながら、それを告げ、着物をお師匠さまの前へさしだすと、まだその時は視力がぼんやり残っていたお師匠さまは、着物をひきよせ、掌でなでて絹の感触をたしかめながら、目のそばまでひきあげて、色あいまでたしかめようとされた。お師匠さまのその頃とみに血色の悪い頬に、久しぶりにほのかに血の色が上った。

その端正な横顔に、わたくしはしみじみ美しいと見惚《みと》れた。もう七十の坂も半ばを越えた老人で、これほど美しい男がいるであろうか。

朝食前の読経、朝食後の謡のひとり稽古、仕舞、午後の読書と書き物が出来なくってからも、机の前に坐りつづけて坐禅《ざぜん》と瞑想《めいそう》にふけっていられる。

夜は早くやすまれ、朝は日の出と共に起きる。そんな規則正しい生活が自然に健康を守っている。この人は百まで生きるのではないか、いやもしかしたら、死なない命を授ってきたのではないか。もしかしたら、この人こそ鬼ではないのか。

そんな想いにとらわれていると、いつもとちがう声がかけられた。よく話される「花」のある声であった。花とは一口にいえば何なのでしょうと訊《き》いた時に、

「色気だ。惚《ほ》れさせる魅力だ」

とお答えになった。「幽玄」とは、とつづけて問うと、

「洗練された心と、品のある色気」

と答えられた。

花と幽玄をたたえた声音で誘われて、断われる女がいるであろうか。わたくしは言われた通り、着ていたものをすべて脱ぎ捨て、素肌に柔かないい香のたきしめられた

若草色の絹の着物をまとい、その人のそばにすり寄っていた。

七十五歳の耳と目を失った男の躰《からだ》は、たるんでもいなければしわばんでもいなかった。鍛えられた筋肉は堅くうるおいさえ残っていた。

その人の心のすべてを映すように仕込まれているわたくしは、その人の想いに添うように、身も心もあずけていた。若草色の絹に包まれたわたくしは、若き日の奥方さまになりきっていた。花と幽玄がからみあい、とけあった濃密な夜の舞があった。

さようでございます。読むことも書くこともお出来にならなくなったお師匠さまが、月日と共にすがすがしく、玲瓏《れいろう》と澄みとおっていらっしゃるのは、摩訶《まか》不思議としか申せないことでございました。

午後の時間を坐禅のようなお姿でずっと机に向っていらっしゃる時、きっと頭の中で、次から次へと能本を書きつむいでいらっしゃったのではないでしょうか。

「退屈なさいませんか」

と、いつか不粋な問いかけをいたしましたら、

「長く生きた者には、生きた長さに見あう想い出が頭の中につまっている。それをなぞるだけでも退屈などする閑《ひま》もない」

とお答えになりました。

一度、まだお目のぼんやり見えておられた頃、わたくしに能本の新作を口述筆記させようと試みられましたが、わたくしのたどたどしさに愛想を尽かされたのか、二度と試みようとはなさいませんでした。お手紙の代筆くらいは出来ましても、能本の創作にはむきません。

はい、それはもう、最期《さいご》の最期まで、新しいお能の創作に対する意欲は持ちつづけていらっしゃいました。

『金島書』は、書き上った時点で禅竹さまにお送りいたしました。ここにある写しは、あなたさまがお越しになられたらお渡しするようにと預っております。どうかお形見にお収め下さいまし。

「今からそんなに新作をつくって、どなたに演じさせようと思っていらっしゃるのですか」

と伺いましたら、

「それは禅竹への恩返しだ。しかし、大方は冥途《めいど》の土産にして、向うで先にいった名人たち、父や元雅はじめ、道阿弥、田阿弥たちに演じてもらおう。演者に不足はない。見物には大樹さまはじめ准后《じゅごう》さまのような見巧者揃いだ。冥途で開く能舞台は何と花やかなことだろう。なぜ早くお迎えが来ないのか」

と、さも愉《たの》しそうにおっしゃいました。幽霊を能の舞台に取り入れたお方ですもの、ほんとうにあの世で先に逝かれた方々との再会を信じていらっしゃるようでした。

はい、お師匠さまはお偉い方だから、みなさま、どこか畏《おそ》れていらっしゃるようですが、わたくしが佐渡でお逢《あ》いしたお方は、むしろ、根は陽気で、ものごとを楽天的に見られるように感じております。ですからいつもおだやかで、女にも男にもお好かれになったのではないでしょうか。

島に渡られて以来、二、三年の間は、やはり、都に帰れる日を心ひそかに期待していられたのではないでしょうか。

けれども、耳や目が御不自由になられてからは、都へお戻りになることはすっかりあきらめていらっしゃいました。心の底からおしゃれで粋なお方でしたから、老いの証《しるし》のような御様子を、京の人々にはお見せになりたくはないと思われていたとお察ししております。

そこへ奥方さまが、突然お倒れになって、そのまま、意識の戻ることなく、御他界遊ばしたとの御報《しら》せが届きました。

そのあと、真底からお力を落され、三日ほどはお食事も喉《のど》にお通りになりませんでした。お痛わしい限りでございました。悲しさの余り気が狂うには、若さの活力が欠かせないのだと思い知りました。

お師匠さまは狂いもせず、呆《ほう》けることもなく、ただ沈々と悲しみに包まれていらっしゃいました。

義教将軍が非業《ひごう》の死をとげられたとの報が禅竹さまから届いたのは、奥方さまが亡《な》くなられて、半年もたたない時でございました。

その日、義教将軍が、赤松満祐《みつすけ》の邸《やしき》に招かれ、中楽《さるがく》観賞の宴が開かれていたそうでございます。人気絶頂の音阿弥元重さまのお能「鵜羽《うのは》」が今、まさに始ろうとした瞬間、庭中に馬がどっと躍りこみ、その騒ぎに人々があわてふためいた所へ赤松の手勢がどっと襖《ふすま》を蹴《け》破《やぶ》りなだれこみ、義教将軍はその場で何の抵抗も出来ないまま、惨殺《ざんさつ》されてしまったというのです。ああ、あれは、嘉吉《かきつ》元年六月二十四日のことでございましたか。

恐しく癇癪持《かんしゃくもち》の上、狐憑《きつねつ》きで、気分にまかせて無闇《むやみ》に人の首をはねたり、領地を没収したり、お師匠さまのように理由もわからず島流しにあわせたり、世にも恐ろしい将軍でした。どんな殺され方をしても因果応報と、喜ばれるような人でしたから、斬《き》られた首を赤松が槍《やり》に刺し、国に帰る途中、どこかの寺に捨てられたなど聞いても、気の毒という感じも湧《わ》きません。

ああ、これでやっとお師匠さまも都にお帰りになられると思いますと、嬉《うれ》しさよりも、なぜもう半年早く、赤松が事を起してくれなかったかと口惜しくてなりませんでした。奥方さまの御生前、御夫婦の再会が叶《かな》えられていたらと、それのみが心から残念でなりませんでした。

わたくしひとりがいきり立っていましたが、ふと気づくと、お師匠さまはいつものように、全くお寂《しず》かに坐《すわ》っていらっしゃり、すっきり伸した背姿は、久しぶりに以前の精気と気品が返ってきておりました。私が飛びつくようにお側《そば》により、例の指文字で、

「おめでとうございます」

と告げましたら、即座に、

「免赦が来ても私は京へは帰らない。すぐ禅竹に手紙を出してくれ。佐渡はこの世の地獄と覚悟して来たが、私にとってはむしろ極楽だったのかもしれぬ。沙江には気の毒だが、ついでのことに私の死水を取ってくれ。もうさほど遠い先ではないだろう。『世阿弥元清妙《たえ》なる金島に死す』と、後世の人に伝えてほしい」

そうおっしゃって、また寂然として座禅の姿になられました。

この年、お師匠さまは七十九歳におなりでした。

はい、それから二年の歳月、それはおだやかな、美《うる》わしい日々をふたりで過させていただきました。

盲の暮しにもお馴《な》れになって、すたすたと家の中をお歩きになり、つまずいたりなさることもなくなりました。

相変らず、ひとりで謡《うた》い、舞い、お稽古《けいこ》と自称するものを一日たりともおろそかにはなさいませんでした。

命には終りあり

能には果てあるべからず

と、よくお経のようにつぶやいていらっしゃいました。

亡くなられたのは嘉吉三年八月の八日でございます。

忘れもいたしません。八月の五日に、いきいきとしたお顔つきでわたくしに向い、

「新しい能の筋が浮んだよ。まだ老い呆けてはいないようだ。これは時間をかけても

口述して沙江に書いてもらおう」

と笑顔でおっしゃいました。その場でわたくしに墨を磨《す》らせ、筆に墨をふくませると、いつでも机上に置いてある禅竹さまから送られてきた紙をひろげ、その中央にまるで目の見える人のように、ためらいなく筆を下し、力強く題名を書かれました。

「秘花」

その日の午後、倒れられました。もう意識が戻らないのかと、わたくしは按摩《あんま》の術で必死にツボに施術しつづけていました。幾時間経《た》ちましたでしょう。掌に手応《てごた》えがあって、わたくしは思わず、

「お師匠さま！　世阿さま！」

と絶叫して呼びかけました。その声が届く筈《はず》もないのに、お師匠さまはそれまで閉されたままのお目をふっと開かれ、泣きながら取りすがるわたくしの手を取り握って下さいました。頬が触れるほど近づけたわたくしの顔を撫《な》でられ、いとしそうなやさしいお声ではっきりとつぶやかれました。

「つ・ば・き」

これがあなたさまがお見えになったらお渡しせよと申しつかった御遺骨でございます。ほんの一すくい、わたくしにも頂戴《ちょうだい》いたしました。

淋しくなると、少しずつ食べて、もう大方なくなってしまいました。

ありがとうございます。

これでわたくしのお役目も終りました。思い残すことなく、息子のところへ参ることができます。

いえ、息子の父には奥方さまが、お師匠さまには椿さまがつれ添っていらっしゃいましょう。

お師匠さまとの御縁は、この金の島が舞台の、一場の夢でございました。

ただ、あちらからお師匠さまのお声が毎夜届き「秘花」の詞章が語られつづけています。それを書き取ることが、ただ今のわたくしの秘《ひそ》かな生甲斐《いきがい》でございます。

解説

川上弘美

このあいだ久しぶりに、小津安二郎の最後期の作品である『秋日和《あきびより》』を見た。作中、五十代とおぼしき三人組の仲のいい男たちが出てきて、主要な役をつとめる。三人を演じるのは、中村伸郎・北竜二・佐分利《さぶり》信。

冗談とも本気ともつかないやり取りを、三人は酒の席でゆったりと行う。そのさまを見ているうちに、ひどく不可解な気持ちになってきてしまった。

突飛なことを言いあっているわけではない。大仰な話題を喋《しゃべ》りあっているのでもない。学生時代からのなじみの男たちが、ぽつりぽつりと口少なに、けれど親しみあって、昭和のおっとりとしたたたずまいの座敷で飲んでいるという、ほほえましくも清潔な光景だ。

でも、なんだか、へんなのだ。

よく考えてみれば、小津映画は、みんな妙だ。制作当時の常識や人情を「リアル」

にうつしとっている映画なのだと、以前は思っていた。でも、もしかすると、それは違うのではないのかと、ある時から思うようになった。

三人の仲のよい男たちがいる。自然な会話をしている。昭和の座敷がある。

そこまでは、「リアル」だ。けれど、その後が違う。

演じている俳優たちは、確かにその「リアル」な光景をなぞっている。でも、それはあくまで「なぞっている」だけなのだ。「おい」「なんだい」「でもねえ」、そんな相《あい》槌《づち》を打ち合う中村伸郎と北竜二と佐分利信。いかにも仲がよさそうだ。中年の男くさい。でも、ぜんたいに、まったく「リアル」ではないのだ。人形みたいだ、と言ってもいいかもしれない。驚くほど精巧でうつくしい人形たち。

男たちだけでなく、女優たちも、同じだ。原節子。岡田茉莉子《まりこ》。司葉子。誰もがたいそう生き生きしているのに、なぜだか「リアル」ではないのだ。昔の映画だから、ではない。演技が不自然だから、でもない。

膜があるのだ。それはたぶん、監督が意識して用意した「膜」だ。「リアル」でない、膜を通したような、その画面から、遙《はる》かなものがたちのぼってくる。

それは、彼岸、あるいは神、と言ってもいいようなものだ。

この世の舞台で演じられながら、彼岸を見せる小津映画。装置はまったく違うのに、お能を見ているような心地になる。

『秘花』は、室町時代の偉大な能役者である世阿弥を描いた小説である。十二歳にして足利義満の寵愛《ちょうあい》を受け、若くして能役者としての絶頂期をむかえる世阿弥。けれど年月が過ぎるうちに一座は次第に凋落《ちょうらく》し、七十二歳になった世阿弥は、原因もわからないまま突然の遠島を申しつけられてしまう。

小説は、遠島が決まったところから始まる。

絶頂期を終えた老齢の能役者。遠島。その後の消息は過去の闇《やみ》の中に。そんな史実を知って読みはじめたので、どんなにか重い現実を描いた小説なのだろうかと、表紙を開く前には身構える気持ちもあった。

けれど、読み終わってみてからの、この心もちの明るさは、どうだろう。

たしかに作品の中の世阿弥は、苦しんでいる。苦しんで、苦しんで、解脱《げだつ》の境地に達したかのようにみえて、ふたたび苦しみ、それでも能役者および作者としての矜持《きょうじ》を保ちつづけようとする。

その矜持が、いいのだ。

矜持を持ちつづけるために必要な生のエネルギー。死に向かう心ではなく、あくまで生ききろうとするエネルギー。それが、小説をはなやがせ、輝かせ、読後を明るく印象づける。

耳が聞こえなくなり、目もかすみ、それでも最後まで『金島書』を書きつづけ、都で観世の一座を継いだ娘婿《むすめむこ》に「鬼」の所作をどうするかを手紙に書いて教え、筆を持てなくなってもなお、新しい作品への意欲を日々新たに持ち続ける、作中の世阿弥。

書かずには、作らずには、いられない世阿弥。そして同時に、たくさんの人々と舞台を作り上げてゆくことを体全体で愉《たの》しむ世阿弥。

その前向きな世阿弥は、瀬戸内寂聴の筆によって彫琢《ちょうたく》された世阿弥である。

「史実を小説につくりあげる時、瀬戸内さんはどんなふうになさるんですか」と、いつか瀬戸内さんにお聞きしたことがある。

「ある時武田泰淳《たいじゅん》さんが『瀬戸内さんが書くと、田村俊子も岡本かの子も、瀬戸内さんの俊子でかの子だよな』と仰《おっしゃ》ったんですよ。その時になるほどそうか、と思いました。いくら取材して資料を読んでも、他人のすべてはわかりませんから。やっぱり作者自身が思い入れて、書きながらその人にのめり込んで夢中になる。だから私が書くと私のものになるし、違う人が書けば違う人の俊子やかの子になると思いますよ」

というのが、その時のお答えだった。

『秘花』の中の世阿弥は、それゆえ、瀬戸内寂聴の世阿弥、なのだ。その高らかに明るいエネルギーは、瀬戸内寂聴という作家自身の持つエネルギーが反映されているものなのに違いない。

ところで、『秋日和』の三人組である。

不思議なのは、『秋日和』を見おわった後に、何と言ったらいいのだろう、誤解を恐れずに言うならば、「肉体感」というものが残るのだ。

小津安二郎の幽玄の世界の中に、一点、なまなましい、どくどくと脈うつ、現身《うつしみ》の空気がふいにあらわれる不思議。

その原因は、たぶん、佐分利信の存在だ。

佐分利信という役者。人形の体のふりをしながら、人形の顔から腕から胴体から、生の肉体のにおいが滲《にじ》み出しているのだ。

『秘花』の中の世阿弥という存在は、『秋日和』の佐分利信と似ていると、思ったのだ。

幽玄の世界である、観世能。

その総帥《そうすい》である世阿弥は、彼岸の世界を引き寄せることの冥利《みょうり》を知り尽くしている。けれど、瀬戸内作品の中の世阿弥の体は、どうにもこうにも「現世を生きる」ことを指向してしまっているのだ。小説の濁世《じょくせ》の中で、世阿弥の肉体は輝きわたってしまう。それはおそらく意識して目指したものではなく、体も心も自然にそのようになってしまう、という態《てい》のものだ。

どうしようもなく強く生き続け、肉体を持ちつづけ、滅びへ向かう心を良しとしない。『秋日和』の中で、役者としての佐分利信の肉体が天然にそのような信号を発して小津映画の幽玄の中に生命のうねりを作り出すのと同様に、『秘花』の中の世阿弥も、幽玄の能の世界に生きながら、そこにおさまりきらない限りない生命力をひたひたと四方に滲み広げてゆく。

そして現出するのは、ただの悟りすました優美な世界ではない。彼岸を感じさせながら、現身の人間の臨場感をもよびこむ、そういうアンビヴァレントな世界だ。読んでゆくうちに、とぎすまされたバランス感覚と、大いなる力わざの、両方を見せてもらったような心もちになる。

これは、瀬戸内寂聴という作者が、今この時に世阿弥を書く、という機会を得たからに他ならないだろう。違う時、違う作者だったら、抑制されながらもこのように明るく満ちあふれる生命力を持つ世阿弥は、決して現れなかっただろう。

『秘花』を書きおわったばかりの時期に瀬戸内さんにお会いした時のことを、今もときどき思い出す。

しんから、疲れていらしたのだ。

そこには、温かい説法で多くの男女に幸いをもたらす「寂聴さん」も、昔の文壇がいかに素敵だったかを楽しそうに語る「瀬戸内さん」もいなかった。

すべてのものをはきだして、もう何も残っていない、どうやっても何もあらわれない、からっぽになった「瀬戸内寂聴」だけがあった。

今あるすべて、生きてきた八十五年の歳月のすべてを、瀬戸内寂聴という小説家は『秘花』に注ぎこんだのだ。

八十五年分の試行錯誤と絶望と挫折《ざせつ》と喜びと充実を経て書かれた小説。一人の小説家が一生に一回しか書き得ない小説。そのすべてを、わたしたちはただこの本を手にするだけで、読むことができるのだ。

読者とは、何としあわせなものだろう。

（二〇〇九年十一月、作家）

この作品は二〇〇七年五月新潮社より刊行された。

瀬戸内寂聴著

爛

この躰《からだ》は、いつまで「女」がうずくのか――。八十歳を目前に親友が自殺した。人形作家の眸《ひとみ》は、愛欲に生きた彼女の人生を振り返る。

瀬戸内寂聴著

わかれ

愛した人は、皆この世を去った。それでも私は書き続け、この命を生き存《なが》えている――。終世作家の粋を極めた、全九編の名品集。

瀬戸内寂聴著

老いも病も受け入れよう

92歳のとき、急に襲ってきた骨折とガン。この困難を乗り越え、ふたたび筆を執った寂聴さんが、すべての人たちに贈る人生の叡智。

瀬戸内寂聴著

命あれば

寂聴さんが残したかった京都の自然や街並み。時代を越え守りたかった日本人の心と平和な日々。人生の道標となる珠玉の傑作随筆集。

宇野千代著

おはん

野間文芸賞受賞　女流文学者賞受賞

妻と愛人、二人の女にひかれる男の情痴のあさましさを、美しい上方言葉の告白体で描き、幽艶な幻想世界を築いて絶賛を集めた代表作。

円地文子著

女坂

野間文芸賞受賞

夫のために妾を探す妻――明治時代に全てを犠牲にして家に殉じ、真実の愛を知ることもなかった悲しい女の一生と怨念を描く長編。

岡本かの子著

老妓抄

明治以来の文学史上、屈指の名編と称された表題作をはじめ、いのちの不思議な情熱を追究した著者の円熟期の名作9編を収録する。

幸田文著

父・こんなこと

父・幸田露伴の死の模様を描いた「父」。父と娘の日常を生き生きと伝える「こんなこと」。偉大な父を偲ぶ著者の思いが伝わる記録文学。

佐藤愛子著

私の遺言

北海道に山荘を建ててから始まった超常現象。霊能者との交流で霊の世界の実相を知り、懸命の浄化が始まる。著者渾身のメッセージ。

曽野綾子著

心に迫るパウロの言葉

生涯をキリスト教の伝道に捧げたパウロの言葉は、二千年を経てますます新鮮に我々の胸を打つ。光り輝くパウロの言葉を平易に説く。

三浦綾子著

塩狩峠

大勢の乗客の命を救うため、雪の塩狩峠で自らの命を犠牲にした若き鉄道員の愛と信仰に貫かれた生涯を描き、人間存在の意味を問う。

宮尾登美子著

きのね（上・下）

夢み、涙し、耐え、祈る……。梨園の御曹司に仕える身となった娘の、献身と忍従。健気に、そして烈しく生きた、或る女の昭和史。

澤地久枝著
琉球布紀行
琉球の布と作り手たちの生命の物語。沖縄に住んだ著者が、琉球の布に惹かれて訪ね歩いて知った、幾世代もの人生と多彩な布の魅力。

黒柳徹子著
新版 トットチャンネル
NHK専属テレビ女優第1号となり、テレビとともに歩み続けたトットと仲間たちとの姿を綴る青春記。まえがきを加えた最新版。

草間彌生著
無限の網
—草間彌生自伝—
果てしない無限の宇宙を量りたい——。芸術への尽きせぬ情熱と、波瀾万丈の半生を、天才自らの言葉で綴った、勇気と感動の書。

佐藤愛子著
こんなふうに死にたい
ある日偶然出会った不思議な霊体験をきっかけに、死後の世界や自らの死へと思いを深めていく様子をあるがままに綴ったエッセイ。

丸谷才一著
笹まくら
徴兵を忌避して逃避の旅を続ける男の戦時中の内面と、二十年後の表面的安定の裏のよるべない日常にさす暗影——戦争の意味を問う。

水上勉著
土を喰う日々
京都の禅寺で小僧をしていた頃に習いおぼえた精進料理の数々を、著者自ら包丁を持ち、つくってみせた異色のクッキング・ブック。

田辺聖子著

文車日記

古典の中から、著者が長年いつくしんできた作品の数々を、わかりやすく紹介し、そこに展開された人々のドラマを語るエッセイ集。

田辺聖子著

新源氏物語（上・中・下）

平安の宮廷で華麗に繰り広げられた光源氏の愛と葛藤の物語を、新鮮な感覚で「現代」のよみものとして、甦らせた大ロマン長編。

田辺聖子著

新源氏物語

霧ふかき宇治の恋（上・下）

貴公子・薫と恋の川に溺れる女たち。巧みな構成と流麗な文章で世界の古典を現代に蘇らせた田辺版・新源氏物語、堂々の完結編！

遠藤周作著

海と毒薬

毎日出版文化賞・新潮社文学賞受賞

何が彼らをこのような残虐行為に駆りたてたのか？　終戦時の大学病院の生体解剖事件を小説化し、日本人の罪悪感を追求した問題作。

遠藤周作著

沈黙

谷崎潤一郎賞受賞

殉教を遂げるキリシタン信徒と棄教を迫られるポルトガル司祭。神の存在、背教の心理、東洋と西洋の思想的断絶等を追求した問題作。

遠藤周作著

女の一生

一部・キクの場合

幕末から明治の長崎を舞台に、切支丹大弾圧にも屈しない信者たちと、流刑の若者に想いを寄せるキクの短くも清らかな一生を描く。

川上弘美著
ニシノユキヒコの恋と冒険
姿よしセックスよし、女性には優しくこまめ。なのに必ず去られる。真実の愛を求めさまよった男ニシノのおかしくも切ないその人生。

川上弘美著
センセイの鞄
谷崎潤一郎賞受賞
独り暮らしのツキコさんと年の離れたセンセイの、あわあわと、色濃く流れる日々。あらゆる世代の共感を呼んだ川上文学の代表作。

川上弘美著
古道具中野商店
てのひらのぬくみを宿すなつかしい品々。小さな古道具店を舞台に、年の離れた4人のもどかしい恋と幸福な日常をえがく傑作長編。

江國香織著
きらきらひかる
二人は全てを許し合って結婚した、筈だった……。妻はアル中、夫はホモ。セックスレスの奇妙な新婚夫婦を軸に描く、素敵な愛の物語。

江國香織著
つめたいよるに
愛犬の死の翌日、一人の少年と巡り合った女の子の不思議な一日を描く「デューク」、デビュー作「桃子」など、21編を収録した短編集。

江國香織著
流しのしたの骨
夜の散歩が習慣の19歳の私と、タイプの違う二人の姉、小さな弟、家族想いの両親。少し奇妙な家族の半年を描く、静かで心地よい物語。

秘《ひ》花《か》

新潮文庫　せ－2－41

平成二十二年一月一日　発行
令和四年十月二十日　二刷

著者　瀬《せ》戸《と》内《うち》寂《じゃく》聴《ちょう》

発行者　佐藤隆信

発行所　株式会社　新潮社
郵便番号　一六二―八七一一
東京都新宿区矢来町七一
電話　編集部(〇三)三二六六―五四四〇
読者係(〇三)三二六六―五一一一
https://www.shinchosha.co.jp

価格はカバーに表示してあります。

乱丁・落丁本は、ご面倒ですが小社読者係宛ご送付ください。送料小社負担にてお取替えいたします。

印刷・大日本印刷株式会社　製本・株式会社植木製本所

ISBN978-4-10-114441-2　C0193